目次

政略結婚のはずが、溺愛旦那様がご執心すぎて離婚を許してくれません

政略結婚のはずが、溺愛旦那様がご執心すぎて離婚を許してくれません

m a r m a l a d e b u n k o

木下　杏

マーマレード文庫

政略結婚のはずが、溺愛旦那様が
ご執心すぎて離婚を許してくれません

第一章

「よし」

ほぼでき上がっている料理の仕上げに上からパラパラとネギを振りかけると、斉賀《さいが》伊織《いおり》はこれで完成とばかりに腰に手を当てて満足気に頷《うなず》いた。

テーブルに並ぶのはどれも伊織が腕を振るって作った料理だ。みぞれあんかけの豆腐ハンバーグに、れんこんの素揚げ。それからひじきの煮つけと、きのこと卵のお吸い物。

伊織はスマホをエプロンのポケットから取り出すと、カメラを起動して、料理全体が写るようにアングルを調整し、撮影のボタンを押した。

「今日は和食にしてみました……と」

慣れた手つきで今撮影した写真とコメントをグループチャットに投稿する。グループのメンバーは料理教室で知り合った仲間たちだ。全員が料理好きで、料理のためだけにやり取りする専用チャットを作っている。そこにお勧めのレシピや作ったものの写真を送り合っているのだ。

料理が趣味の伊織は作ることが大好きだが、それを共有する場がなかなかない。このグループチャットはそんな伊織にとって大切な存在だった。

【美味《おい》しそう！】【豆腐は絹使った？　木綿？】

スマホがブルブル震えて、伊織の料理の写真を見た友人たちからメッセージが入ってくる。伊織は笑みを浮かべるとメッセージを返しながらキッチンに戻った。

傍らにスマホを置くと、出しっぱなしになっている調味料を手に取って後片付けを始めた。その間にもスマホがブルブルと震える。伊織は手を動かしながら、画面を覗《のぞ》き込んだ。

【これは旦那さん喜ぶね】

思わず手がぴたっと止まる。伊織は軽く息を吐いた。

（……やっぱり結婚したって言わない方がよかったかなあ）

一ヵ月前に結婚をしたことで教室はしばらくお休みしているし、引っ越しもした。それを、嘘《うそ》をつくのも嫌で結婚したとつい正直にみんなに報告してしまったのだ。

伊織の結婚は、付き合っていた彼氏と結婚した、なんてものとは訳が違うのに。

【喜んでくれたらいいな】

少し迷った挙句、当たり障《さわ》りない返答のメッセージを打ち込む。【送信】を押して画面上に表示された文字を見つめた。

「……食べないけどね」

誰に言うでもなくぼそりと呟《つぶや》く。

伊織の作った食事を尊成《たかなり》が食べて喜ぶなんてことはないだろう。そもそも、伊織が料理をしていることすら、知らないかもしれない。

(……今日も遅いのかな)

結婚して一ヵ月、夫となった尊成と伊織はほとんど言葉を交わしていない。尊成は忙しく基本的に帰りが遅い。帰ってきたとしても、寝室が別々になっており、そもそも家の造りが顔を合わさずに済むようになっている。余った料理を冷蔵庫に入れておくと、たまになくなっていることがあるので、尊成が家で食事をすることもまれにあるみたいだが、伊織はその場面に出くわしたことはない。

まるで現実味のない結婚生活。しかし別に二人は好き合って結婚した訳ではない。政略結婚なのだから、こんなものであろうとも思う。

(まあ……半年だしね)

——どうしても嫌だったら後で別れたっていい。

父親の言葉が頭の中に蘇《よみがえ》った。それは、最初にこの結婚の話を父親から言われたときに、告げられた言葉だった。

＊＊＊

「……結婚……？　私が斉賀と……？」

伊織は信じられない、という顔をして目の前にいる父親の顔を見つめた。

珍しく早く帰ってきた父親に呼ばれ、誰もいない部屋で向かい合っていた。母親は同席していなくてその時点で伊織は嫌な予感がしていた。伊織に言うことを聞かそうとするとき、父親はいつも一対一で話そうとする。余計な邪魔が入るのを嫌うのだ。

決定事項のように伝えられたその用件は、伊織にとっては青天の霹靂《へきれき》のような話だった。それなのに父親は素直に頷かなかったのが不満だったようで、忌ま忌ましそうに目を細めて伊織を睨《にら》んだ。

「嫌よ」

その視線をはねのける勢いで伊織はきっぱりと首を振った。父親の肉付きのいい顔がかっと赤みを帯びる。目の中に怒りの色がありありと浮かび、今にも口を開きそうになったところで、伊織は素早く先んじた。

「なんで私が斉賀なんかと？」

はっきりと不満を滲《にじ》ませて父親を見据えた。

「お父様は今までの斉賀との因縁を忘れたのかしら？　斉賀なんて汚い手ばかり使って卑怯《ひきょう》なやり口でのし上がってきたやつらで、信用できない、絶対に近づくな、がお父様の口癖だったのに」

そこで伊織はなるべく高飛車に見えるようにツンと顎を上げた。

この父親のように自分が世界で一番偉いと思っていて、大体の人間を見下している、特権階級意識の塊のような人間と対峙《たいじ》するときに、伊織には心がけていることがある。

――できる限り我儘《わがまま》に振る舞うこと。

絶対に従順にはならない。そのように思わせるのもだめだ。

『こいつは思い通りになる』

そう思わせたら最後、自分の意はほとんど汲《く》んでもらえないことはわかりきっている。譲歩を引き出すためには、常日頃から一筋縄ではいかないと思わせていないとならないのだ。

いつも伊織は自分のその考えに忠実に振る舞っている。それは、寝耳に水の自分の結婚話を聞かされた今も同様だった。

「それなのに、そんな悪し様に言っていた斉賀の長男と結婚とは、お父様は気でもおかしくなったのかしら？　気持ち悪い。私、斉賀の家の男と一緒になるのは絶対に嫌よ」

言い切って、ちらりと目線だけ走らせて父親の反応を確認する。

その顔からは、先ほどまで覗かせていた怒りの気配は引っ込められていた。代わりに、苦虫を噛み潰したみたいに、難しい顔をしていた。

(……なんか、嫌な予感がする)

普段とは明らかに違う反応。伊織は胃のあたりが重くなるのを感じた。

本当は、相手が問題な訳ではない。結婚自体が嫌なのだ。親の決めた相手と意に沿わない結婚をするなんて、冗談じゃないと思う。

自分の両親みたいに好きでもない相手と政略結婚をして、表面上だけ夫婦を演じて、心の中ではお互いを嫌ってさえいて。義務だけのセックスをして、冷え冷えとした家庭の中で子どもに愛情も注がず、駒としてだけ育てるなんて絶対、嫌。

けれど伊織の立場上、そこからどうあっても逃れられそうにないという事情もある。

伊織はいわゆるお嬢様だ。父親は、大手不動産会社『篠宮《しのみや》不動産』の代表取締役社長を務めている。祖父は会長。篠宮不動産はビルや商業施設、マンション、リゾート施設などの開発を手がけ、幅広く不動産事業を展開している。

そして、それだけには留まらず、篠宮グループとして多くのグループ会社を有し、関連事業も手広く行っていた。

現在、話に上がっている『斉賀』とは、『斉賀不動産ホールディングス』のことを指している。篠宮と同じく基幹事業は不動産で、関連事業も似通ったものが多い。つまり篠宮にとって斉賀は、シェアを奪い合っている一番のライバル会社という訳だ。同じ業界で会社の規模、売上高も同程度。さらに、常に業界最大手の名を競い合ってきたとなれば、お互いが意識するのも当然だろう。それに加えて、創業の時期も同じ頃だ。お互いが同族経営を行ってきているので、つまり篠宮と斉賀は何代にも渡ってライバル関係を続けてきているのだ。

やれ顧客を取られた、受注を奪われた、優秀な人材があちらに流失している、なんてことを繰り返していたら、だんだんとその関係性が因縁めいたものになるのは仕方がないのかもしれない。伊織にしてみれば、企業とはそんなものだろうと思うし、別に直接的に自分に害が与えられた訳でもない。特別な感情を抱くことはなかったのだが、父親と祖父は斉賀を目の敵《かたき》にしてきて、斉賀の人間のこともひどく嫌っていた。斉賀の話になれば、唾を飛ばしてほとんど罵倒に近い言葉を口にしていたのだ。

それなのに、伊織を呼びつけたかと思うと、いきなり斉賀の長男と結婚しろと言った。娘を政略結婚の駒としてしか考えていない父親は、事あるごとに『お前はどうせ嫁に行くんだから』と伊織の行動を制約してきた。その言動を思えば、二十五歳という年齢となった今、そろそろ現実的な結婚の話も上がってくるのではないかと警戒してはいた。けれどまさか相手があの斉賀とは思わなくて、伊織は相当に驚いた。

しかしすぐに、これはラッキーなのではないかと思った。真っ当に政治家の息子などと言われるより、よっぽど断る理由がある。ところが父親の表情を見て、それは自分の見込み違いであったことに伊織は気づいてしまった。

いつもの横柄で見下したような態度ではなく、冷徹な雰囲気を纏《まと》った父親の顔を見て、きゅっと口元を引きしめる。

「実は一時期の外資系ホテルの参入ラッシュにより、ホテル事業が相当に苦しい。どこも稼働率がかなり落ち込んできている」

「え……」

「斉賀のところも似たような状況に陥っている。そこで、ホテル事業を行っている『篠宮ホテルズ』と、『斉賀ホテルズ&リゾーツ』を合併する話が出ている。それによりホテルイメージを一新し、外資系ホテルに対抗できるようにするのが狙いだ。顧客ニーズに寄せて現在の系列ホテルをすべてリブランドし、お互いのノウハウを共有して、サービスをグレードアップしたものにする計画だ」

淡々と説明する父親の顔を見ながら、伊織は額に嫌な汗が滲んでくるのを感じた。

どうやらこれは、縁を繋《つな》いでおきたいとか、そういった単純な話ではないらしい。考えてみれば、相手はあの斉賀なのだから、裏に何か事情があるのはわかりきったことだった。

「……そう、なの。事情も知らずにごめんなさい。でもそれは会社間の話であって、それと結婚になんの関係が」

けれど伊織だってこのまま引き下がる訳にもいかない。今の話から会社の事情が絡んでいるだろうことは想像がつくが、それでもその中にどこか付け入る隙はないかと探るような眼差《まなざ》しで父親を見た。

「会長が反対しているのだ。斉賀との合併を」

「お祖父様が？」

「この合併話は斉賀が主導だ。あっちはウエディングがまだ好調で減益をそちらから補填できている。しかしウエディングも外資系に食われる可能性があり、それを見越しての一手だ」

そこで、父親は言葉を切った。伊織は焦《じ》れた気持ちで話の続きを待つ。

「うちはこのままだと他の事業の足を引っ張りかねない。畳むにも金がかかる。斉賀が金を多く出してくれるなら、別にあちらが主導だろうが、代表に就任しようが頓着はしない。しかし会長は、斉賀がノウハウや利益になるところだけ吸収した後、他は切り捨てにかかるのではないかと危惧している」

なるほど、と伊織は思った。なんとなく話が見えてきた。父親は損得勘定の塊のような男だ。それに、感情的なように見えて、経営のことになると意外なほどにシビアなので、ホテル事業の苦境に際して、個人的感情はあっさりと捨てたらしい。しかし、祖父の方は情や慣習を重んじるところがありそこまで割り切れるタイプではない。まだ過去の因縁に囚《とら》われているらしかった。

だからといって、一体それがどうして結婚と結びつくのか。肝心なところがまだ見えてこず、伊織は黙って父親に視線を注いだ。

「そこでお前と斉賀の長男との結婚だ。姻戚関係となっておけばそこまで滅多なことはできないだろうという考えらしい」

「そんな乱暴な……」

唖然《あぜん》とした顔になった伊織に父親は冷静な目を向けた。

「あながち乱暴な話でもない。合併後に代表に就任する予定となっているのは斉賀尊成、つまりお前の結婚相手だ。彼が今後ホテル事業を指揮する。それもあって、会長

は お前と尊成氏の結婚が成立しなければ、合併は認めないと言っている」

「……でも、相手は、斉賀の方だってこんな話――」

「向こうの同意は得ている。伊織、この話はもう決定事項だ。お前には従ってもらうしかない」

最後通告のように言われて、伊織は目の前が真っ暗になるような感覚を覚えた。ここまで固まっているとは完全に予想外だった。どうやら拒否権は一切ないらしい。心臓がバクバクと嫌な音を立てている。動揺からか、膝の上で指の先が小刻みに震えていた。それを悟られないように、伊織は指を折り曲げてぎゅっと手の平に握り込んだ。

伊織の幼少時代はずっと孤独だった。夫婦間に愛情がないと家庭はこうも冷え切るものなのか。家は広く、好きなものはなんでも与えられ、何不自由のない、むしろ裕福な暮らしをさせてもらったが、いつも寂しく、満たされないものを感じていた。

父も母もあまり家にはいなかった。六つ上の兄は、跡取りとしてさまざまな教育を受けさせられていたため忙しく、伊織に構う暇などない。

いい成績を取っても褒められたことはないし、外であったことを報告する相手もいない。たまに顔を合わせても表面上の会話のみ。

優しい声をかけられたかった。寂しく心細いときは抱きしめられたかった。間違ったことをしたときは、叱ってほしかった。今思えば愛情に飢えていたのだと思う。テレビで見る温かい家庭というものに憧れていた。

帰ってきたらおかえりと言ってもらって、なんてことのない会話で笑い合い、一緒の食事をして他愛のない時間を過ごす。自分に縁がないと思えば、なお一層、それは尊いものに思えた。

父と母のような夫婦には、親にはなりたくないと常々思っていた。こんな虚《むな》しい結婚をするぐらいなら、一生独身の方がマシだ。

けれど篠宮の家に生まれたが故に、伊織の将来は定められたレールが敷かれていた。父親の頭の中は会社や社会的地位、富や名声といったことでほとんどが占められている。子どもたちはそのための駒だ。兄は跡取り、伊織は会社のための政略結婚と役割が決められていた。伊織は、ある程度決められるのは仕方がないとしても、せめて相手を選ぶ余地ぐらいは欲しいと思っていた。父親のような男だけは避けたかった。

――それなのに。

「……事情はわかったわ。でも私、やっぱりどうしても斉賀だけは嫌。だってそうでしょ？　今まで信用するな、絶対に近づくなと言われていた相手なのよ。それが急に結婚しろだなんて……そんなに簡単に切り替えられないわ。絶対に無理よ。お父様がお祖父様を説得して。要はお祖父様が合併に賛成すればいい話なのでしょ」

やっぱりどうあっても嫌だ。このまま流される訳にはいかない。自分の人生がかかっているのだ。縋《すが》るような目で父親を見れば、皺《しわ》の刻まれた顔がうんざりするように歪《ゆが》められている。

「お前の気持ちもわからなくはないが、あの様子だと無理だな。意見を変えることはない」

「そんな、こんなのってないわ。ひどい」

こうなったら最後の手段だ。あまり通用したためしがないが、これ見よがしに顔を手で覆ってみせる。肩を大げさに震わせた。

「絶対、嫌よ……！」

しゃくり上げる真似《まね》をすると、大きなため息が聞こえた。

「……わかった。そんなに嫌なら期限付きでもいい」

その予想していなかった言葉に、泣き真似をしていたことも忘れて、伊織は弾かれたように顔を上げた。

「期限付き？」

見ればむっつりとした顔になった父親が、世話を焼かせやがってとばかりの顔で不機嫌そうに腕を組んでいる。

「結婚はしてもらう。これは絶対だ。もう合併の準備は進んでいる。ここで頓挫する訳にはいかん。だが、どうしても嫌だったら後で別れたっていい。ただ最低半年間は我慢しろ」

伊織は訝《いぶか》しそうに眉を顰《ひそ》めた。

「……どうして、半年？」

「式は三ヵ月後。もう日取りも決まっている。そこから半年間、要は今から九ヵ月後だな。実は斉賀ホテルズ&リゾーツの中でリニューアル工事に入っているホテルがある。斉賀の中で一番大きなホテルだ。新会社が打ち出すホテルイメージに沿ってリニューアルは行われている」

（はあ？　日取りまで決まってたの？）

伊織は呆《あき》れた目を向けた。そんな伊織の反応を意に介す様子もなく、父親は淡々と続ける。

「合併と同時に新しいホテル名でオープンし、新しくなったことを大々的にアピールする。そこまできたら会長がどれだけ怒ろうと両社を再び分割したりするのは不可能になる。お前らが離婚しようがな」

スラスラ話す父親の言葉を聞きながら、そこまで織り込み済みか、と伊織は内心のうんざりした気持ちを押し殺して気づかれないようにこっそりと息を吐いた。

さも折れたように話しているが、これは伊織が結婚を嫌がることを見越して説得材料として最初から『期限付き』を用意していたに違いない。どうあっても結婚はさせるつもりなのだ。というか、結婚前提で既にいろいろと話が進んでしまっているらしい。

伊織への意思確認がここまで後回しにされたのは、相手が斉賀というだけで嫌がることがわかりきっていたからだろう。だからもう後戻りできないところまできてから決定事項として言った。

「……お父様はそれでもいいの？」

「俺は合併話がうまくいけばなんでもいい。離婚となれば会長は怒ると思うがな。報告はタイミングを見て自分でしろ。必ず事後報告だ。ただし原因は性格の不一致で押し通せ。離婚前提ということは、先方にも伝えておく」

（……どうせ向こうとも最初からそういう話なんでしょ）

思わず本音が口からついて出そうになったが、ぐっと堪《こら》えて伊織は殊勝な態度で口を開いた。

「あちらはそれでもいいと言うかしら」

「元々向こうは結婚を望んでなかった。異存などあるはずがない」

これで決まりと言わんばかりに頷いた父親は、肩の荷が下りたとでもいうようにネクタイを緩めた。そして、まだどこか複雑そうな面持ちの伊織にちらりと視線を送る。

「逃げようなどと考えるなよ。もし合併の話がなくなれば、ホテル事業は縮小を迫られる。関わる多くの人間が路頭に迷う可能性がある。そのことを忘れるな」

釘《くぎ》を刺すように言われて、伊織は感情を隠すことなく忌ま忌ましげに父親を見据えた。

そんなことはわかっている。だからこそ、妥協点を探ったのだ。

＊　＊　＊

——斉賀尊成。

斉賀不動産ホールディングス代表取締役社長の長男。現在は『斉賀ホームズ』の代表取締役社長を務めている。三十二歳。名門私立高から国立大へ進み、優秀な成績で卒業した後、斉賀不動産ホールディングスに入社。途中で籍を置きながらアメリカへ留学し、有名大学のビジネススクールでＭＢＡを取得。二十八歳で関連会社の取締役に就任。三十歳で斉賀ホームズの代表取締役に就任。

「スーパーエリートだあ……」

伊織は手に持った経歴書に視線を落としながらため息をついた。

なんとなくは知っていたが、ただの御曹司ではない。おそらくとんでもなく頭がいい。それでいて経営的センスもある。大企業のトップになるべくして育てられ、本人の素質も十分にあったのだろう。

(こんな人が夫に?)

「大丈夫かなあ」

呟きながら立ち上がり、ウォークインクローゼットの扉を開ける。結婚式の日取りが決まっているだけあって、結婚までの予定は伊織の知らないところで既にきっちりと立てられていた。来週には顔合わせが迫っている。あまりに急なので服を見立てる時間もなく、手持ちから選ぶしかないかと重い腰を上げたところだった。

(しかも顔もいいんだよね……)

伊織は尊成の顔を思い浮かべた。必要以上に近づく理由もないので直接話したことはないが、パーティーなどの社交の場で顔を見たことはある。傍で見なくても十分に整っているとわかる顔立ちだった。高い鼻梁《びりょう》にきりっとした印象的な目元。一つ一つのパーツが整っていて、それらが実にバランスよく顔の中に収まっている。まるでどこかの雑誌から飛び出してきたような容姿をしているのだ。背も高く手足が長くてスタイルもよかった気がする。

今後あれと並ぶことになるかと思うと憂鬱な気持ちになった。残念なことに、伊織は特に秀でた容姿ではない。髪の毛は癖毛で、毎朝のセットに時間がかかることに嫌気が差して、肩甲骨あたりまで伸ばした髪に緩くパーマをかけている。目の下には若干そばかすが散っていて、目鼻立ちは至って普通。ただ、目尻がきゅっと上がっていて猫目なので、性格がきつそうだと思われがちだ。

太ってはいないが、スタイルがいいと言うほどでもない。頭のよさと教養は及第点ぐらいだろう。もちろん、大企業の社長夫人となっても恥ずかしくない程度の教育はなされている。しかし、そのぐらいの教養は、伊織のような家に生まれた女性だったらみな身につけているだろう。

つまり、篠宮不動産の娘ということ以外、特筆すべきところは何もない。対して相手は、御曹司でバリバリ仕事のできるスーパーエリートでイケメン。

「格が違いすぎるな」

頭の中で比較してみて、思わず呟いてしまう。向こうにも伊織の経歴書や身辺調査書がいっているだろう。それを見てどう思われたのか、考えたくもなかった。

やっぱり、憂鬱でしかない。それに伊織は、尊成に対してあまりいいイメージを持っていなかった。

パーティーでちょっと見たぐらいで、相手の人となりなどはわかるはずもない。伊織が覚えている範囲では、尊成はその場に合わせて、それなりに愛想よくしているようには見えた。

しかし、あの視線。伊織が篠宮不動産の娘だということを知っているのか、例えば、ちょっとすれ違ったり、不意に近くに居合わせたりなど、ふとしたときに視線が合うようなことが何度かあった。そのときに自分に向けられる眼差しが、やたらと冷たいのだ。初めてそれに気づいたときに、背中がぞくりとするほどだった。

なんの感情も灯らない眼差し。何を考えているのかよくわからないような、得体の知れない不気味さがあった。

(絶対に嫌われていると思う……)

今までの篠宮と斉賀の関係性を思えば無理もないかもしれない。だったら、なんのしがらみもないただの政略結婚で選ばれた相手の方がまだマシだったように思う。伊織が尊成との結婚にしつこく抵抗したのは、そのあたりにも理由があった。自分が選んだ相手でなくても結婚を政略として割り切れる、心を通い合わせるのが難しそうな、伊織が結婚相手としては一番避けたいタイプの人間。

しかも、どうやら女癖がよくないらしい。あれほどのスペックならばモテるのは当然だろう。いつも違う女性を連れているという噂《うわさ》は伊織の耳にまで入ってきていたし、確かに、思い返してみても、隣にいる女性は見るたびに違っていたような気もした。

そう考えると、誠実さも望めはしないだろう。

伊織は滅入りそうになる気持ちを振り払うかのように、ハンガーにかかっている服をざっと見渡した。

(ま、無難なやつでいいか)

何せもう結婚が決まっているのだから。ため息をつきながら洋服に手を伸ばした。

＊＊＊

それから数日後、伊織はタクシーから降り立つと、あるホテルの中に入っていった。

ここは斉賀ホテルズ＆リゾーツが経営しているホテルの一つである。本日、こちらで顔合わせが予定されていた。

結婚は合併と絡んだものであるので、顔合わせも大っぴらにする訳にはいかなかった。そういった事情からこのホテルのスイートルームが押さえられている。人に見られるのを避けて、そこで行うのである。

誰かに見られたら、お見合いだと一発でバレてしまう振袖は最初からNGだった。伊織は前もって選んであったフォーマル寄りの上品なタイプのワンピースにジャケットを羽織っている。髪型はホテルに来る前に寄った美容院でヘアセットしてもらった。父親と一緒に来たくはなかったので、美容院に寄ることを理由にして、父と母とはホテル内で落ち合うことになっていた。待ち合わせ場所に父親より後から現れると絶対にちくちく言われるのがわかりきっているので、伊織はやや早足でロビーを横切る。

何かを探しているのか、立ち止まってバッグの中を覗き込んでいる年配の女性の横を通り過ぎようとしたとき、女性が突然動き出して、伊織の腕にどんと当たった。

「あ」

その衝撃で腕に提げていたバッグが抜け落ちる。床に当たった瞬間、運の悪いことに、留め具が外れて口が開き、中に入っていたものが床に散らばってしまった。

「やだ……っ、すみませんっ」

その惨状を見た女性が飛び上がる勢いで謝ってすぐさま床に屈《かが》み込んだ。散らばったものを拾い始める。伊織はそれを見て慌てて自分もしゃがみ込んだ。

「本当にごめんなさい。よく見ていなくて……」

気の毒なぐらい恐縮している女性を見て、伊織はなんだか可哀想になってしまう。

自分が女性の立場だったらと考えると、さぞ居たたまれないだろう。こんな風に相手のバッグの中身をぶちまけてしまったら絶対に焦る。

「大丈夫ですよ。そんなたいしたことじゃありませんから」

安心させるように笑いかけた。見たところ、スマホの画面が割れたりもしていないし、何かが壊れたりもないようだ。持ち物がオープンになってしまうのはちょっと恥ずかしかったが、見られて困るというものも別に入っていない。

だからすぐに拾い終わって、最後に化粧ポーチをバッグに入れようとしたとき、ポーチの金具がバッグに引っかかってしまった。そこでもたつくのも嫌だったので軽く引っ張ると、あろうことから引っ張られてファスナーが開いてしまう。

「げ」

慌ててどうにかしようと手を伸ばすが間に合わず、ポーチ自体が斜めになっていたこともあって開いた口からバラバラとメイクアイテムが床に散らばった。

なんとも言えない沈黙が女性と伊織の間に落ちた。

「ごめんなさい……やっちゃいましたね」

気まずくなった伊織は誤魔化すようにへらっと笑った。自分でもたまに抜けているというか、そそっかしいところがあるとは思っているが、さすがに間が悪い。恥ずかしさも込み上げてもう笑うしかなかった。

するとはっとした顔になった女性が「いやいや私が悪いので」と慌てたように転がった口紅を拾い出した。二人で床に落ちたものをすべて回収する。その後、また何度も謝る女性に伊織もなぜか謝ってよくわからない状況になりつつも、女性とは別れた。

(しまった、時間やばい)

思わぬところで時間を食ってしまい、慌てた伊織は急ぎ足でエレベーターホールからエレベーターに乗り込む。上階にあるエグゼクティブラウンジが待ち合わせ場所になっていた。到着して周囲を見渡すと、ゆったり配置されたソファの一つにイライラとした顔でふんぞり返っている父親が目に入った。

「遅い」

(まだ時間内なのに)

ちょっと予定より遅くなってしまったが別に待ち合わせ時間に遅れた訳ではない。それなのに高圧的に文句を言われて内心むっとしつつも、伊織は父親に歩み寄った。

「ごめんなさい。美容院が押してしまったの。何せ急なことだったから」

謝りつつも、嫌味も軽く入れておく。父親はそれが面白くなかったのか、ふん、と鼻を鳴らした。父と一緒に母もいたが、母親は相変わらず我関せずだ。

おっとりとした柔らかい雰囲気を持つ母だが、超がつくほどのマイペースで、基本的に自分以外のことに興味がない。顔には出さないが、すぐに命令口調で圧をかけてくる父親のことを相当に疎ましく思っている。その外見とは裏腹にドライな性格なのだ。

そこから指定されたスイートルームの扉の前に着くまで、誰一人として口を開かなかった。

スイートルーム内のリビングルームはこの顔合わせのために多少レイアウト変更がなされたようだった。真ん中にスクエア型の大きなテーブル、それに合わせて椅子が六脚置かれており、それ以外はキャビネットぐらいで、他に家具は見当たらない。まるでレストランの個室のような雰囲気を漂わせているその部屋に入ると、そこには既に尊成の父親と母親が待っていて、伊織たちを迎え入れてくれた。その後ですぐに尊成も現れ、六人での顔合わせを目的とした食事会はスタートした。部屋の中にはスタッフが控え、レストランさながらのサービスをしてくれる。ワゴンで運ばれた料理がテキパキとサーブされた。

(記憶以上にイケメンなんですけど)

伊織は目の前に座る尊成をちらりと盗み見た。食事会自体は非常に和やかな空気で進んでいる。会社間の長年のライバル関係など、まるで最初からなかったようだ。伊織の父親はいつもの高圧的な物言いを引っ込めて、実に穏やかに話をしていた。元々面の皮が厚いので、このぐらいはお手のものだろう。対する尊成の父親も、さすがと言うべきなのか、とても紳士的だった。

尊成と父親は似ていて、父親の方も若い頃はさぞかしイケメンだったであろうことが窺《うかが》えるダンディぶりだった。伊織の父親はずんぐりむっくりで古狸《ふるだぬき》を彷彿《ほうふつ》とするような外見をしているので、余計に見目の麗《うるわ》しさが際立つ。

伊織はグラスを手に取るフリをして、もう一度尊成に視線を送った。

モデルや俳優といった芸能人にでもなれるのではないだろうか。きりっとしたシャープな印象の二重瞼《ふたえまぶた》の目元。すっと通った鼻筋に薄い唇。それらのパーツが実にバランスよく配置されていて、作り物めいた雰囲気さえあった。誰がどう見ても文句なしにイケメンだろう。これで中身も優秀なのだから恐れ入る。

「伊織さんは、ご卒業後はお勤めされていたと聞きましたが」

尊成の父親から話を振られて、伊織は落ち着いた態度でにこりと笑った。

「はい。篠宮のグループ会社ではありますが。二年ほど働かせてもらっていました。

父は働くことに反対だったのですけど、私は社会経験というものがしてみたくて」

「素晴らしいお考えですね。しっかりとした方で頼もしいな、尊成」

「そうですね」

口元に笑みをたたえているものの、やはりその表情はそこはかとなく冷たさを感じる。目が笑っていない気がするのだ。会話の主導権は二人の父親が握っていて、尊成はここまで積極的に喋《しゃべ》ってはいなかった。伊織も似たようなものだったが、尊成の口調はひどく淡々としていて、彼がこの結婚に乗り気でないことが如実に表れているような気がした。

向けられた眼差しが無機質めいていて、伊織はつい、ふいっと視線を外してしまう。

（私、この人やっぱり苦手かも）

向かい合っていると、どうにも居心地が悪い。威圧されているような気さえする。見た目から、黙っているとツンしているように見られることはわかっていたが、そんな雰囲気を纏われて媚《こ》びを売る気にはなれなかった。そもそも、そこまでする理由もない。

それでも、これから結婚をしようという相手だ。伊織は尊成を理解しようと、その後注意深く彼を観察したが、結局その人となりを掴《つか》むことはできなかった。

「新居に希望はありますか。なるべく希望に添うようにしますが」

「いえ、特にありません。お任せします」

食事会が終わり、『少し二人で話したらどうか』という尊成の父親が発した提案に従って、伊織と尊成だけがスイートルームに残り、テーブルを挟んで向かい合っていた。このスイートルームはリビングルームの隣に応接セットが置かれた部屋があり、そこで寛げるようになっていたのである。ソファに座った伊織は喉の渇きを覚えて、目の前に置かれたティーカップから紅茶を一口飲んだ。

二人だけになっても会話は弾まない。この調子じゃ、一緒に過ごすのは意味のないことかもしれない。伊織は静かにカップをソーサーに戻した。

「堅苦しいのはやめにしませんか。ここからはお互いに取り繕わず話しましょう」

視線を上げると、感情の読めない瞳がじっとこちらを見ていた。尊成のいきなりの提案に伊織は瞳を瞬《しばた》いた。

「……ええ、そうね。わかりました」

それでも特に異論はなかったので素直に同意する。すると、尊成はスーツの袖口を少しだけめくって腕時計を確認するような仕草を見せた。

「話が早くて助かる。悪いがそこまで時間がない。あまり無駄な時間は過ごせない」

(……え)

確かに取り繕うのはやめるという話だったが、尊成の先ほどまでの口調との落差に少なからず驚いてしまって伊織はまじまじと尊成を見た。

(な、なんか……急に、雰囲気が……)

しかし尊成はそんな伊織の反応を意に介した様子もなく話を続ける。

「一つだけ確認したい。結婚してもお互い干渉はしない。君も好きにしていい。この結婚はそういうものだと理解しているが、それで合っているか」

それはまるで、ビジネス上で契約書の条項の確認でもしているような口調で。

(……すごい直球。これがこの人の本性?)

伊織は尊成から視線を離すことができなかった。凝視されているのがわかっているのに、尊成は顔色一つ変えることなく、無表情に伊織の視線を受け止めている。

伊織は自分のこめかみがひくりと震えたのを感じた。

「……ええ。合っているわ」

しかし、その内面とは裏腹に、それに答えた自分の声はひどく機械的なものだった。

この人が自分に心を開くことはないだろうと、伊織はそのときに思った。

それから尊成とは二、三度顔を合わせただけだった。しかもその数度も結婚式の相談が目的であったので、決して交流を深めるとか、そういった類いのものではない。そうやってたいして打ち解けもしないまま、あっという間に結婚式はやってきた。もちろんこんな間柄での結婚だから、結婚式もそれほど感慨は湧かない。その一連の儀式を淡々とこなして無事に式が終わると、次の週には引っ越しを行い、二人の新生活は幕を開けたのだった。

第二章

「んで、じゃあ旦那様とはほとんど会ってないの？」

「うん」

「まるっきりすれ違い？」

「そう」

「エッチも一度もなし？」

飲んでいたカフェオレがあやうく気管に入りそうになり、伊織は盛大にむせた。

「わ、何してんの。大丈夫？　動揺しすぎ」

手元にあったティッシュボックスから引き抜いたティッシュを紫苑《しおん》が伊織に渡す。

伊織はそれを受け取ると、口元を押さえながら続けて何度か咳《せ》き込んだ。

「……ありがとう」

「その反応、一応やることはやったんだ？」

「してない」

「え、なーんだ。超絶ハイスペック男がどんなセックスするか興味あったのに」

つまらなそうに言う紫苑を軽く睨む。紫苑は悪びれた様子もなくにやりと笑った。

紫苑は中学高校時代の友人だ。伊織は中高一貫のいわゆるお嬢様学校と言われる名門女子校に通っていた。政略結婚をさせるために、変な虫がついたら困るとでも思っていたのだろう。伊織は父親の意向でずっと女子校で大学も女子大だ。

伊織は小学校も系列の学校に通っていたが、紫苑は中学校から入ってきた口だ。並み居るお嬢様たちの中で、紫苑はかなり毛色の違うタイプの人間だった。

父親は世界的に有名な指揮者。母親は著名なバイオリニスト。年の離れた兄が二人いて、一人は世界的に活躍しているバレエダンサー、もう一人は有名なファッション誌の表紙を飾る人気モデル。

父方の祖父がドイツ人でグローバル色の濃い家庭で育ったためか、かなりはっきりとした性格をしていて、思ったことはなんでもズバズバ言うし、その言動も奔放だ。

加えて、外国の血が入っているせいもあってか、目鼻立ちの際立った顔立ちをしていて、かなりの美人だった。背が高くすらっとしていてスタイルも抜群なので、その容姿も相まって中学時代からかなり目立っていた。

そこに通う生徒たちはほとんどが裕福で、世間的には上流に位置する家庭の者たちが多かった。しかし、だからなのか、目に見えない暗黙のカーストみたいなものがあって人間関係が非常に窮屈だったのである。伊織はそれらを意識してのやり取りや立ち振る舞いが苦手で、紫苑も伊織と同類であったらしい。

そんな訳で二人が打ち解けたのは、言わば自然な経緯だったのかもしれない。ちょっとしたきっかけで話してから、仲よくなるのはあっという間だった。

紫苑はそれまでに出会ったことのないタイプで、伊織にはその言動や会話のすべてが新鮮だった。気さくな態度と自由な雰囲気が一緒にいて心地よく、また、細かいことにこだわらない懐の深さもあった。

伊織が初めて素の自分を見せられた存在、それが紫苑だ。高校を卒業して同じ大学には進学しなかったが、それでも今に至るまで、友人関係は変わりなく続いていた。

伊織は呆れたように肩を竦《すく》めた。

「超絶ハイスペック男？　何それ」

「だってすごいじゃん。斉賀尊成。普通は御曹司っていったら、親の威を借りただけで大体中身はたいしたことないのに、めちゃ優秀なんでしょ？　若くして代表取締役でもちろん仕事はできる、お金だって有り余るほど持ってる、学歴も完璧、それでとどめにイケメン。超絶ハイスペックじゃん。どんだけ持ってんの？　ハイスペックが渋滞起こしてるよ」

あまり財界には馴染《なじ》みも興味もない紫苑だが、結婚式に来てもらったので、尊成の顔は知っている。もちろん、篠宮と斉賀が因縁のライバル関係であったことも、結婚の経緯も話し済みだった。

「イケメンだけでいえば紫苑は見慣れているし、ハイスペックな人だって周りにたくさんいるんじゃないの？」

「いや、なかなかのレベルだと思うよ。それに顔がいいのに越したことなくない？　まあイケメンっていってもいろいろ種類があるし。私、伊織の旦那さんの顔けっこう好きかも」

紫苑は大学在学中に兄が在籍していた事務所に入ってモデル活動を開始し、卒業後もそのまま続けている。

紫苑の兄は、当初は雑誌のモデルをしていたが途中から俳優に転身し、今は誰もが知っている人気俳優だ。紫苑もけっこう人気があって最近はテレビで見かけたりもするが、いきなり仕事がオフになるときがあるらしく、時間の自由が利く伊織はそういうときに紫苑の家に来て、だらだらと喋るのが常になっていた。

今日も時間ができたという連絡があったので紫苑の家に来たところだったが、ここ最近は紫苑が忙しくて、会うのは伊織の結婚式以来だった。

リラックスした格好で長い脚を伸ばして行儀悪くソファにもたれかかっている紫苑の横で伊織はクッションを抱えた。

「私は理人《りひと》さんの方が断然格好いいと思うけどなあ」

「理人は顔が甘すぎる。伊織は昔から理人の顔好きだよね」

「世のほとんどの女性が好きでしょ……」

何せ、医者役で主演を務めたドラマは異例の視聴率を叩《たた》き出し、ちょっとした社会現象まで巻き起こしたというのだから、その人気ぶりは推して知るべしだろう。

中学生の頃、紫苑の実家で初めて理人と顔を合わせたときに、あまりに顔が整っていたのでこんな人間が本当に存在するのかと衝撃を受けた。それに、オーラもすごかった。本当にキラキラと輝いて見えたのだ。伊織のようにあまり男性に免疫がないタイプでも尊成のイケメンぶりにそこまで弄されず冷静に話せたのは、理人で免疫がついていたからというのは少なからずあったのかもしれない。

理人は目元が少し垂れていて、全体的に優しげな雰囲気がある。それに比べて尊成は目尻が上がっていてその分鋭さがあり冷たい印象を受けるから、紫苑の言う通り、確かにイケメンにも種類があるというのは頷けるものだった。

けれど、だからといって、あの理人より尊成の顔の方が好きだとは、慣れというのは恐ろしい。そこで伊織は、ふっとわざとらしくため息をついた。

「でも顔がよくてもね。かなり塩対応だよ?」

「同居初日は? 何か言われなかったの? だって家まで迎えに来てくれたんでしょ?」

「すごいあっさりしてたよ」

結婚式の次の週から尊成とは同居を始めた。荷物は事前に運び込んでいたので、その日、伊織はほとんど身一つで新居に移動する予定だった。

尊成はわざわざ仕事を抜けてそんな伊織を実家まで迎えに来てくれたのだ。

『結婚してもお互い干渉はしない。君も好きにしていい』なんて冷たく言い放っていたが、夫婦となった今、どうやら伊織の存在を無視するつもりまではないらしい。少しは妻として扱ってくれる心づもりはあるようだった。

伊織としても、尊成との結婚は、『半年経てば離婚してもいい』という条件で受けたものの、絶対にそうするという強い意志まであった訳ではない。離婚となればデメリットがあることもわかっている。離婚後、きっと伊織の父親は伊織の再婚を画策して一問着《ひともんちゃく》はあるだろう。それに、何よりお互い社会的信用に傷がつく。

それなのになぜこのような条件をつけることで結婚に同意したかといえば、それは保険に他ならない。結婚からはどうあっても逃れられそうにない。けれど、どうしても合わないと思えば離婚できる。逃げ道を残しておきたかったのだ。

しかし、結婚という人生において重大な決断に踏み切ってしまった以上、安易な選択にはしたくなかった。最初からシャットアウトするのではなく、お互いがお互いを知ろうとする姿勢ぐらいは必要なのではないか。干渉し合わなくても一緒に暮らすのだ。少しは顔を合わせる機会もあるだろうし、その程度は可能なはずだ。

その上で、やはり無理だと思えば離婚を選択すればいい。伊織を迎えに来てくれたことで尊成にも少なからずそのような考えがあるのではないかと、このとき伊織は考えていた。

新居であるマンションに着き、真新しい室内に足を踏み入れたときには、少しばかり緊張さえしていた。尊成は相変わらず感情の読めない顔で淡々と案内してくれた。

リビングにキッチン。それからお互いの寝室が用意されていて、そこにはそれぞれバストイレとパウダールーム、それから自由に使える続き部屋までがあると説明を受けた。さらに、寝室はリビングを通らなくても玄関まで行ける間取りになっていた。

「玄関にランドリーボックスがある。ボックスは外からも取り出せる仕組みになっているから入れておけばクリーニングされて返ってくるようになっている。あとは二日に一回ハウスキーパーが来るようにしてあるが、毎日がよければ変えてもらって構わない。一応掃除だけは頼んであるがその他の依頼内容については任せる。必要に応じて頼んだらいい」

一通り部屋の案内が終わった尊成はリビングに戻ってきて連絡事項でも伝えるような口ぶりで淡々と伊織に言った。

「コンシェルジュに連絡すればすべて手配してくれる。これを使えばすぐに繋がる」

そう言って、小さめのタブレットをテーブルに置く。

「他にもここにあるものはなんでも好きに使ってもらって構わない。何か質問は？」

冷たさを感じる視線を向けられて、伊織は若干の居心地の悪さを感じながら「いいえ」と言って首を振った。顔が整っているからか、無表情だと余計に威圧感がある。

（なんか……思ってたのと違う）

業務的すぎる。なんといっても同居初日だし、尊成がわざわざ迎えに来た以上、伊織としてはもう少しこう、歩み寄るような態度が望めると思っていた。しかしこれでは今までと何も変わらない。

スーツの袖をめくった尊成が、ちらと腕時計に視線を落とした。

「そう。なら俺はそろそろ戻る」

「えっ」

（これだけ？）

だったら別に尊成がわざわざ迎えに来なくてもよかったのでは？

あまりのあっさりぶりに拍子抜けした伊織は驚いて思わず声を出してしまった。

その声に背を向けようとしていた尊成の動きがぴたりと止まる。

「何か？」

平坦《へいたん》な声とその視線は伊織を尻込みさせるには十分だった。

「あ……いや、別に……なんでも、ないです」

「そうか」

興味なさそうに視線を戻すと、尊成はそのままリビングから出ていった。伊織は呆気《あっけ》に取られた顔でそれを見送った。

それからその日は、尊成は伊織が起きている時間に戻ってくることはなかった。

同居初日はそんな感じで肩透かしを食らった伊織だったが、もしかして本当に忙しくてすぐに戻らなくてはいけなかったのかも、と多少強引に納得して次の機を待つことにした。実は夫婦になった以上、初夜的なものがあるのかもしれないとかなり戦々恐々としていたのだが、そんな心配は完全に杞憂《きゆう》に終わる。そもそも尊成の顔を見ることがほとんどなかったからだ。

家にいないのだ。しかも尊成は、リビングを通らず出入りするため、帰ってくるのを待ってみたりもしたが、伊織には彼がいつ出かけて帰ってきているのかも把握できていない状態だった。

「なるほど。あんなに嫌がってたのに、とりあえず相手を知ろうとはしてみたんだ。ほんと、変なところで真面目《まじめ》だよね」

これまでの経緯を話す伊織の言葉にふんふんと頷きながら耳を傾けていた紫苑は、苦笑いを浮かべて伊織を見た。

「いや、だってさあ結婚だよ？　さすがに一ミリもわかり合えないままって訳にはいかないでしょ。どうしても嫌だったら離婚、なんだから。知らないのに嫌だなんて言えないじゃん。なんだろ、見た目の印象で決めつけちゃってるのかなあとも思ったし」

「んで覚悟を決めてエッチまでする気でいたのに、旦那さんが全く帰ってこないと」

「……そこまでの覚悟はまだ決めてなかったけどさ。迎えに来てくれたから期待しちゃっただけで。でもあっちは離婚ってことでいいのかも」

伊織は言いながら肩を竦めた。

「まあもう別にいいけど。こういうのってお互いの気持ちが向いてないと意味ないし」

正直、あまりに顔を合わせないので、伊織の方も完全に気持ちが萎えてしまっていた。さすがにそろそろ伊織も察する。こっちが勝手に勘違いしただけで、尊成の方は伊織と歩み寄ろうという気持ちはなかったのだ。

そのつもりがあるなら、少しはそういう気配があるだろう。離婚となればデメリットはあるが、尊成にはそれよりも優先する事情があるという可能性も考えられる。

「で、諦めた？」

「うーん、諦めたというか方向転換？　こうなったら半年しかないし、あまりのんびりしてられない」

「伊織がバツイチかあ」

「そうなるかもね。仕方ないけど」

諦めたように笑う。それから伊織は何か重要なことでも言うかのように表情を変えて、真面目な顔つきで紫苑を見た。

「でも、一つだけ問題がある」

伊織の雰囲気が変わったのがわかったのだろう。紫苑が興味を引かれたように伊織を見た。

「何？」

「私って処女じゃない？」

「うん？」

「処女でバツイチってどう思う？」

伊織としては割と重大な問題だった。しかしそれを聞いた紫苑は、「ん？」と首を傾《かし》げた後に、あははは、と声を上げて笑った。

「なかなかレアだね」

「なんでそんなに笑うの」

「いや、なんか面白いことになるなと思って」

「全然面白くないよ。むしろ厄介」

伊織は嫌そうに眉を顰める。父親の意向で中学・高校・大学と女子校で過ごした伊織は男性と全く縁がなかった。安全上の問題もあり、高校までは車で送り迎えが当たり前で門限もあった。さすがに大学で監視の目は緩んだものの、それでも男性関係については厳しかった。変に彼氏でも作られて、盛り上がってそっちと結婚するとでも言われたら困ると思ったのだろう。

大学卒業後は家に閉じ込められるのを恐れて伊織は就職を希望したが、父親は働くことを反対した。すったもんだの挙句、二年という条件付きで、篠宮の関連会社だったらと許しをもらえたが、女性と既婚者のみの部署に配属されるという徹底ぶりだった。それでも働きたかった伊織は嬉《うれ》しかったが、社長令嬢ということが最初から周知されていたので、腫れ物に触るように扱われた二年間だった。

という訳で、伊織は親しい男性ができるような環境にいたことがなく、もちろん偶然の出会いなんてロマンチックなこともなかったので、この二十五年間彼氏がいたことは一度もなかった。もう少し積極的に動けばもしかしたら親しい男性ぐらいはできたのかもしれない。しかし、関係の冷え切った両親を見て育ったせいか、あまり恋愛に対して夢も見られなくて、わざわざ父親の監視の目をかいくぐってまで接触を持とうとするほど異性に興味も持てずにここまできてしまった。

「よくわからないんだけど、男の人って処女だったらするときにわかるもの？　もしも離婚後に誰かと付き合うことになったらこういうのって隠しておけるのかな」

「そんなに心配ならしちゃったらいいじゃん。今のうちに旦那さんと」

「……え？　旦那ってあの人のこと言ってる？　斉賀尊成？」

「他に誰がいんの。お嬢様なんだから、処女でも驚かれないよ。今なら、夫婦なんだからするのは普通なんだし、頼めばしてくれるでしょ」

戸惑いの顔で紫苑の話を聞いていた伊織は、ものすごい難題でも突きつけられたみたいにぴたりと動きを止めた。眉間に皺を寄せてそのまましばらく考え込む素振りを見せた後、おもむろに口を開いた。

「いやあ、無理でしょ」

「なんで？　事情を話して処女のまま離婚したくないからお願いって。あれだけのイケメン、女慣れしてそうだからたぶんセックスもうまいでしょ。伊織だって初めてなんだし上手な方が安心じゃない？」

「楽しんでる？　あの冷たい顔で俺には関係ないとか言われたら、居たたまれなくてもう顔合わせられないよ。それに全然会わないんだってば」

「旦那の方のベッドで待ってみたら。下着姿で寝てたらその気になんじゃない？　それで可愛《かわい》く、ちゅーしてって言ってみるとか」

「無理！　絶対楽しんでるでしょ」

そのとき、スマホからアラーム音が鳴り響いた。伊織はローテーブルの上に置いてあった自分のスマホを手に取る。

「そろそろバイトの時間だ」

「え？　またバイトしてるの？」

「うん。先週から始めたの。前と同じところ。人手が足りないらしくて手伝い頼まれて、今の家から意外に近いしちょうどいいかなって。やることなくて暇だし」

伊織はバッグを引き寄せると中から化粧ポーチを取り出した。鏡を出してメイクが崩れていないかを確認する。アルバイト先はイタリア料理を出しているカフェレストランだ。接客もするので身だしなみは一応気を遣わなければならない。

「それにお金も貯めたいの。離婚したら実家に戻らないようにしようと思ってて」

その言葉に紫苑が驚いたように目を見開く。

「えっ、ついに？　家を出るの？」

「うん。お望み通り政略結婚したし、もうこれで義理は果たしたと思うんだ。たぶん離婚したらまた次の相手を探されるだろうし、バツイチだからもらい手も限定されて、なんだか恐ろしいことになりそうじゃない？　どうせ私に利用価値がある間は徹底的に利用しようって思ってるんだから。そうやっていいように道具扱いされるのももううんざりだし、ここらで思いきろうかと思って」

「なるほど。よく言った。いいと思う。私、応援する」

力強く言った紫苑は伊織の肩にぽんと手を置くと、実にきれいな笑みを浮かべた。それにつられたように伊織もにっと笑う。

紫苑はどんなときでも絶対に否定しない。そういうところにいつも救われる。伊織はこういうときにつくづく紫苑が友人でよかったと思う。

「で、家を出た後は決めてるの？」

「調理の専門学校に行こうと思ってる。私、料理作るの好きだし。ゆくゆくはそれを仕事にできたらと思ってるの。まあ私がこれって言えるのは料理だけだしね」

「お金はあるの？」

「バイトと就職してたときのお給料を取ってあるからそれと、今働いてる分も全部充てる。どの程度かかるか一応調べたけどなんとかなりそう」

大学時代、監視の目が多少緩んだことで自由な時間ができた伊織はその時間をアルバイトに充てていた。もちろん、お金に困っていた訳ではない。働いて世間を多少なりとも知ることで、自分は何ができるのを知りたかったのだ。

来るべき未来に待っている政略結婚は死ぬほど嫌だったが、だからといって家を出る勇気はなかった。幼い頃から周囲にやってもらうのが当たり前の環境で慣らされ、甘やかされた状況で育ったことは自覚していたので自信がなかったからだ。

また、伊織にはこれをやりたいと思えるものも特になかった。そんな自分に鬱屈したものを感じていたときに出会ったのが料理だった。

そして、料理と伊織を引き合わせてくれたのが、大学時代にアルバイトをしていた『フェリーチェ』だ。街を歩いていてたまたま紫苑と入った店で、美味しい料理と居心地のいい空気感が気に入って何度か通っているうちにオーナー夫婦と仲よくなり、アルバイトを募集していることを知ってこの店だったら、と思いきって飛び込んでみたのだ。

慣れるまでは大変だったが、仕事が一通りできるようになってからは楽しかった。運んだ料理でお客様が笑顔になるところを見るのが好きだった。料理ってすごい。人を幸せにできるんだと感動したのを覚えている。

その後、伊織が料理に興味を持っていることを知ったオーナー夫婦の奥さんの計らいでキッチンの方も手伝わせてもらうようになった。最初は盛りつけからではあったが、自分が担当した料理を食べてくれたお客様を見たときの感動は今も忘れられない。『自分が作ったもので人に幸せを提供できること』がこんなにも喜びをもたらすなんて知らなかった。就職と同時にアルバイトは辞めざるを得なかったが、それから『料理』はすっかり伊織の大切な趣味となった。けれど、実家のキッチンでは自由にできなかったので、その後は料理教室に通うなどして、人知れず伊織はその趣味を楽しんでいた。

アルバイト期間中ですっかり仲よくなった奥さんとはその後も連絡を取り合っていたので、結婚して専業主婦になり日中は暇を持て余していると話したら、だったら時間が空いているときだけでもいいからまたアルバイトをしてくれないかと頼まれたのだった。

「ばっちりじゃん。そしたらさ、離婚後は私のところに来なよ。部屋余ってるし一緒に住も」

「えっ、いいの？」

その言葉に伊織は眉毛を描き直す手を止めて、驚いたように紫苑を見た。

「もちろん。家賃の代わりにたまにご飯作ってくれたらいいし。伊織のご飯美味しいから大歓迎」

「紫苑～。ありがとう。めっちゃ助かる！　住む家どうしようかと思ってたんだ」

伊織は手に持っていたアイブロウペンシルを放り投げると、身を乗り出して紫苑に抱き着いた。細いくせに意外に力がある紫苑は軽く受け止めると伊織の背中をぽんぽんと叩く。その動きで紫苑の髪の毛からふわりと甘い香りが漂った。

「いやほんといいから。私そこそこ稼いでるし。ていうか時間大丈夫なの？」

「あ、家賃は払うよ？」

「そうだった！　電車何時だっけ」

慌てて紫苑から離れると、伊織はスマホを手に取って操作を始める。乗換案内アプリを起動してアルバイトに間に合う電車の時間を調べ始めた。

「え？　電車で行くの？　タクシー使えば？　斉賀グループ御曹司の社長夫人なのに庶民派すぎるでしょ」

「えー、バイトでお金稼ぎに行くのにタクシー使うとか意味わからなくない？　私、大学のときもバイトに行くときは電車で行ってたよ。それにさ、私の今の生活費、あっちが出してくれてるんだよね。なんか使いにくくって」

電車の時間を確認した伊織はアイブロウペンシルを回収し、バッグにポーチをしまい始めた。その途中で財布を取り出して、そこから一枚のカードを出してみせる。

このクレジットカードは尊成名義の家族カードで、引っ越した日に渡し忘れていたからと尊成の秘書が後でわざわざ届けてくれたものだった。そこで、結婚している間は尊成が伊織にかかる費用を負担してくれるのだと気づいた。考えてみれば結婚してまで父親に出してもらうのもおかしな話だし、当たり前のことなのかもしれないが、そのことについてあまり深く考えていなかったのだ。自由に使っていいということだったが、戸籍上の夫になっただけで、一緒には住んでいるもののたいしてよく知らない相手のお金を好き勝手に使うのは気が引けた。

伊織はそこまで身を飾ることに熱心ではないが、外では篠宮グループ社長令嬢の体面を少なからず保つ必要があった。そのため、一応それなりの洋服やバッグ、靴や宝飾品は既に持っていて新居にも運び込んでいる。だから特に欲しいものもなく、今のところ尊成のカードで買っているのは食料品ぐらいであった。

「いや、有り余るほど持ってるんだから、伊織が多少使ったところで屁《へ》でもないでしょ……」

「えーそれでもなんだか悪いよ。だってこの先、下手《へた》したら離婚までまともに顔合わせないかもしれないんだよ？」

この一ヵ月の尊成を見ていたら、その可能性も否めない。お互いの連絡先は、一応は交換しているのだが、こちらからも向こうからも未だに一回も連絡すら取り合っていないのだ。そのうち、連絡はすべて秘書を通して、ということにもなりかねない。

「それはないでしょ。だってさ、夫婦同伴で行かなくちゃいけないパーティーとか集まりとかあるんじゃないの。そのときは嫌でも話すじゃん」

「あ」

すっかり忘れていたとばかりに伊織が嫌そうな顔をすると、紫苑はそれを見て「頑張ってね」と笑って肩を叩いた。

＊＊＊

「おはようございます」

午後四時少し前。伊織はフェリーチェの店内に足を踏み入れた。

オーナー夫婦の奥さんの方、美咲《みさき》が伊織の顔を見て申し訳なさそうに寄ってくる。

「ごめんね、伊織ちゃん。夜に入ってもらっちゃって」

「いえいえ。予定なかったし大丈夫ですよ」

「本当？　旦那さん大丈夫？」

「たぶん帰ってくるの遅いんで」

美咲だけではなく、アルバイト先の誰にも、伊織の結婚が政略結婚だということは言っていない。言えばドン引きされるのはわかっている。このご時世にまだそんなことをしている人たちがいるのかと呆れられるかもしれない。

そもそも、伊織が篠宮不動産の社長の娘であることも言っていなかった。色眼鏡《いろめがね》で見られたり、壁を作られたりしてしまうことを懸念して最初に言わなかったら、特に言う機会もなくここまできてしまった感じだ。だから尊成のことも、就職した先で出会った人と結婚したと言っていた。

伊織は普段、日中のシフトに入ることが多いが、今日は夜の人手が足りないということで、急遽《きゅうきょ》頼まれて出てきた格好だった。

「早速なんだけど、今フロアの人数足りてるから、夜の仕込み手伝ってもらえないかな？　そっちがちょっと間に合ってなくて」

「わかりました」

伊織は一旦奥にある従業員用の部屋に入り、制服に着替え、エプロンをつけてキッチンに向かった。挨拶をしてきれいに手を洗う。キッチンには美咲の夫であるフェリーチェのオーナーシェフの統吾《とうご》と、従業員でコックとして働いている寺田《てらだ》がいた。

「統吾さん、何を手伝いますか？」

「おう、デザートよろしく。冷蔵庫にパンナコッタ入ってるから飾りつけして。いちごをカットして二個と生クリーム、ミントな」

「わかりました」

言われた通り、業務用の冷蔵庫からいちごを出していると、統吾が後ろから話しかけてきた。

「今日悪いな。大丈夫なのか、旦那。新婚だろ」

夫婦に揃《そろ》って同じようなことを言われて、伊織は苦笑いを浮かべた。

「大丈夫ですよ。うち、いつも遅いんで」

「そんなに忙しいのか。大変だな。なんの仕事してるんだっけ？」

「あ、えっと不動産、会社です」

「営業？」

「まあ……そんなところです」

「そんなところってなんだよ。旦那の仕事だろ」

ぶはっと笑った統吾に、伊織は乾いた笑いを返すことしかできなかった。

美咲も統吾も本当にいい人たちなのだ。伊織は結婚について嘘をついたことを少し後悔している。誤魔化しているのが後ろめたくて、ちくちくと罪悪感が刺激された。

「統吾さん根掘り葉掘り聞きすぎ。伊織ちゃん困ってるよ」

「えっ、そんなことないだろ」

伊織が困っているのを察したのか、寺田が助け舟を出してくれた。

寺田は年上の女性だ。物怖《ものお》じせずズバズバ言うタイプだが、言葉に裏がなくて付き合いやすい。それなのに気が利くという大変素晴らしい人格の持ち主だった。

統吾は熊のように大きく厳《いか》つい見た目の割にはつぶらな目を丸くさせた。

「伊織ちゃんの作業を止めない。統吾さんも急がないと仕込み間に合わないよ。今日、人数少ないんだから」

きっぱり言われた統吾はすごすごと自分の持ち場に戻る。心なしかしょぼんとしているように見えるその大きな体躯《たいく》を視界の隅に入れながら、伊織はくすりと笑って作業に戻った。

「お疲れ様でした。お先に失礼します」

「お疲れ。気をつけてね」

午後九時。フェリーチェの閉店はまだだがお客様がある程度帰り、一段落ついたところで、気を遣った美咲にもう上がっていいと言われて伊織は店を後にした。

(やっぱりフェリーチェはあったかいなあ……)

働いていて本当に実感する。絶妙に居心地のいい空間だと思う。美咲も統吾も人柄が温かいし、それのなせる業なのだろう。あの二人を見ていると、自分も将来こんな店が持てたらいいのにな、とほのかな夢のような感情まで抱いてしまう。実際はいろいろ大変だろうし、そんなに簡単にはいかないだろうことはわかってはいるが。

そんなことを考えながら駅に向かって歩き、途中で伊織はスマホをバッグから取り出した。連絡が入っていないか一応確認すると、着信の通知が出ていた。

伊織は軽く眉を顰める。電話をくれたのは、尊成の秘書だった。【神崎《かんざき》さん】と表示されている文字を伊織はじっと凝視する。

着信があってから少しばかり時間が経ってしまっていた。かけ直すべきか。伊織はしばらく迷っていたが思いきってコールボタンに触れた。

すると、数コールですぐにその呼び出し音が途切れる。

『はい、神崎です』

「あ、遅くにすみません。あの、私――」

『奥様ですね。かけ直していただいて申し訳ございません』

名乗る前にキビキビと返答される。神崎は三十代半ばぐらいだろうか。眼鏡をかけていてビシッとした、いかにもデキる秘書の見本のような見た目をしていた。その怜《れい》悧《り》そうな顔を思い出しながら、伊織は口を開いた。

「何かご用だったでしょうか」

『実は、社長が急遽出張になり、荷物を取りにご自宅へ入らせていただきました。ご自宅へ伺う前に一報入れたのですが、ご不在のようだったので許可をいただかないまま入室してしまいました。申し訳ございません』

「別に大丈夫です。お気になさらず」

なんだ、そんなことか、と軽く息を吐いた伊織はさらりと言って、では、と電話を切ろうとする。すると思いがけず、引き留められた。

『もう少しよろしいでしょうか。社長から言付けがあります』

その言葉に少しだけどきっとする。伊織は首を傾けた。

「はあ、なんでしょうか」

『来週の金曜日、社長があるパーティーに出席されることになりました。規模が大きいものなので奥様にも一緒に出席してほしいと』

(うわ、早速来た)

伊織の眉の間に自然に皺が寄る。紫苑が言っていたことが、早々に現実になってしまったのだ。ずん、と一気に胃が重くなるような感覚を覚える。

『よろしいでしょうか』

不自然に訪れた沈黙を不審に思ったのか、神崎が畳みかけるように言葉を発した。

「……はい、わかりました。出席します」

伊織は平坦な声で答えた。本音では全然行きたくない。実はそもそもその手のパーティーが伊織は苦手なのだ。パーティーにはいろいろな人が出席している。その中には伊織と同年代の女性たちもいる。親や夫に付き添って出席するのだ。

伊織は相変わらず女性たちの輪の中に入るのが苦手だ。もちろん大人な対応で卒なく接してくれる人たちもいるし、そちらが多数ではあるが、中には、学生時代の関係性が未だに影響しているのか、妙に引っかかる態度を取られるときがある。自分の優位性を確かめたいのか、やたらと伊織を下に見ようとしてくるので、御曹司の中でも抜きん出て優秀でしかも顔もいい尊成と結婚したことで、その女性たちがどのように思ったのか――少なからず反感を買ったのではないかという懸念があった。

しかし、だからといって出席を断ることはできないだろう。だから、嫌でたまらないが、ぐっと堪えて了承した。

『後ほど、パーティーの内容と出席予定者の情報を連絡させていただきます。では、これで失礼いたします。折り返しのご連絡ありがとうございました』

神崎の言葉に、いえ、と短く返した伊織は憂鬱な気持ちのまま、「ではこれで」と言って電話を切った。

第三章

（やばいやばい、間に合わないかも）

件《くだん》の金曜日はあっという間にやってきた。その日、伊織は十時から四時まで、フェリーチェでのアルバイトの予定が入っていた。パーティーは七時に尊成がマンションまで迎えに来ることになっている。準備にそれなりに時間がかかるため、伊織は慌てて店を後にし、髪型、メイク、ネイルをすべてお任せできるトータルビューティーサロンに駆け込んだ。

家に帰ってきて、用意してあったワンピースタイプの紺色のドレスに着替え、耳にピアスをつけたところでセットしていたアラームが鳴った。午後六時五十分。すべての準備を終えた伊織は、今日のドレスの色に合わせてブルーグレーのネイルがきれいに塗られた指先でアラームを止めた。

久しぶりに履くパンプスで若干足元をぐらつかせながらマンションのエントランスに下り立つと、ガラス扉の向こうのマンション専用ロータリーに見覚えのある黒塗りの車が停まっていた。車の横にこれまた見覚えのある柔和な印象のスーツを着込んだ五十代ぐらいの男性が立っている。

（やば、もう来てる）

伊織は足を速めた。あれは尊成の車とその運転手だ。企業の要職に就く者は自分で運転はしない。万が一にでも事故を起こしたりしたら困るからだ。伊織の父親もそうだったからそのことは知っていた。

「ありがとう」

伊織の存在に気づいた運転手が穏やかな笑みを浮かべながらさっと車の扉を開けてくれた。それにお礼を言って、伊織は車に乗り込む。

「お待たせしてごめんなさい」

「いや」

座ってすぐに詫《わ》びの言葉を口にする。尊成は車の中で長い脚を悠然と組み、手に持ったタブレットに視線を落としていた。乗り込んできた伊織にちらりと視線を向けて、またすぐに戻す。

現在、季節は六月。日が長い季節なので七時でもまだまだあたりは明るい。運転手が乗り込み動き出した車内で、コンソールボックスを挟んで隣に座る尊成を伊織はちらりと改めて盗み見た。

尊成はパーティーに合わせたのだろう、ダークグレーのスリーピーススーツを着用していた。前髪を後ろに流して額を出しているせいか、心なしか大人の色気的なものがいつもよりも増しているような気がする。少し顰めた眉が物憂げに見えて、なんというかとても絵になっていた。

(久しぶりに見てもやっぱりイケメン……)

気づかれないようにこっそりと息を吐く。紫苑は顔がいいに越したことはないと言っていたが、だからなんだというのだ。隣に並ぶだけで気後れするし、今のところ伊織にとっての利点はあまりない。せめて顔を見る機会がもう少しあれば観賞用としていいのかもしれないが、その役割すら担っていない。

そんなことを考えながら伊織は尊成の気配を窺っていたが、尊成はそれ以上喋らなかった。手元のタブレットに集中している様子が伝わってくる。どうやら伊織と無駄話をするつもりは全くないらしい。

きっと仕事が立て込んでいるのだろうと結論づけて、伊織は尊成を気にすることをやめて、そっと車のシートに背を預けた。

後部座席はキャプテンシートになっていて、一人ずつがゆったりと座ることができる。身体全体を包み込んでくれる、まるで高級ソファのような座り心地に伊織は思わずふっと力を抜いた。

しばらくそんな風に素晴らしい乗り心地を堪能していた伊織だが、次第に考えることがなくなってくると、だんだんと窮屈さを覚え始めた。何せ車内は静まり返っていて、控えめな車のエンジン音と周囲の喧騒《けんそう》がわずかに聞こえるだけだ。音楽でも流してくれたらいいのに、これじゃあ身じろぎ一つするにも気を遣う。

それに、会場に近づいていくにつれて、だんだんと憂鬱さに拍車もかかってきていた。

会場ではこんなロボットみたいに冷たい男とこれからそれなりに仲よくやっている夫婦を演じなければいけない訳だ。伊織が車に乗ってから尊成が発した言葉は『いや』だけ。こっちは尊成に恥をかかせても悪いから、それなりに準備にも時間をかけたのに、今日の伊織の格好をちゃんと見たのかさえ、定かではない。

わかってはいたがなかなかに感じの悪い対応だと思う。こちらにまるで興味がないのが透けて見えるどころか駄々洩《だだも》れだ。せめて多少は取り繕うぐらいはしてほしい。

ここまで無関心にされると、伊織としてもどう接していいのかがわからなくなってくる。

考えてみれば最初からその傾向はあって、尊成には顔合わせのときから苦手意識を感じていた。

温かみゼロの淡々とした口調。冷たい眼差し。顔は笑っていても目が笑っておらず、話していても壁を作られているのがありありと伝わってくる。加えて、表情の動きが少ない故に、何を考えているのかわからなくて得体が知れない。

例えば一回でも優しく笑いかけてくれればもう少し違ったのかもしれないが、伊織みたいに男性とのデートすら経験がない人間が相手にするには、ハードルが高すぎた。

結果、どうすればいいかわからなくて伊織も黙っていたことが多いように思う。それを向こうがどう捉えたのかはわからない。もしかすると、ツンツンしてお高くとまっているように思われたかもしれない。その可能性は考えなくもなかったが、自分がお嬢様としてはギリギリ及第点ということは知っている。おしとやかでもないし、知性に富んだ会話もできない。下手に話してボロが出たら嫌だなと思ったのだ。

(はあ……なんか馬鹿らしい)

何に対してそんなに取り繕っていたのだろう、と伊織は急速に心が白けていくのを感じた。別に相手は伊織にたいした興味はないのだ。たとえ伊織がボロを出したとしても幻滅したりはしなかっただろう。そもそも期待していないのだから。

だったら最初から変に取り繕ったりせず、ありのままの自分でいたらよかったのだ。

どうせ半年で離婚。どう思われたってどうだっていいではないか。

(そう、そうだよ。もうこんなのやめやめ！　なんでこんなにこの人の機嫌を窺ってるの。決めた。もう一切気にしないでいくことにする)

心の中で独りごちる。そう思えばふっと心が軽くなった気がした。

伊織は膝に置いていたクラッチバッグを開けると、そこから小型のケースを引っ張り出した。それは、いつもの癖でバッグの中に捻じ込んできたものだった。

ケースを開けると中に格納されているワイヤレスイヤホンを取り出す。それをピアスの飾りを気にしながら耳の穴に押し込んだ。

尊成への態度問題が解決したところで、これから行くパーティーが憂鬱なことに変わりはない。少しでも気分を上げるために音楽を聴くことにしたのだ。

またバッグに手を入れて今度はスマホを取り出す。画面を操作して音楽を選んだ。

こんな鬱々とした気分を吹き飛ばすにはやっぱりアップテンポの曲がいいだろう。

再生ボタンをタップするとイヤホンから音楽が聴こえ出した。あまり音漏れするのはまずいので少しボリュームを調節する。すると、鬱々としたものを蹴散らすように疾走感のあるメロディが耳に流れ込んできた。

伊織はドア側についているアームレストに肘をのせて頬杖《ほおづえ》をつき、音楽を聴きながら窓の外を見た。

だんだんと日が翳《かげ》ってきていて、街は薄闇に包まれつつあった。ポツポツと点灯し始めている街灯。店や家々から漏れる明かり。通りを歩く人々。前から後ろに流れていく風景を見ていると、だんだんと音楽の中に取り込まれるように思考が現実から離れていく。

おそらく日中アルバイトで働いていたため、そこで疲れがふっと出たのだと思う。気づけば伊織は相当にぼうっとしていた。そのまましばらくぼけーっと窓の外を見て、信号で車が停まったときに唐突に我に返った。

ぱっと口を手で押さえる。あることに気づいた伊織は焦った顔で瞬《まばた》きをした。

(やだ、ちょっと歌ってた⁉)

どうやら知らず知らずのうちにイヤホンから流れるメロディにのって、口ずさんでしまっていたらしい。確かにもう尊成を気にしないと決意はしたが、いくらなんでも気が緩みすぎだろう。そのことに愕然《がくぜん》として、次の瞬間、恥ずかしさから顔がかっと熱を帯びた。

そして同時に気づいてしまった。なんとなく隣から視線を感じることを。

伊織は目だけを動かして、さりげなく隣の気配を窺ったが残念ながら見えなかった。

仕方なく、ゆっくりと首を動かして、隣をちらりと見た。

（めっちゃ見てるじゃん！）

ばちんと視線が合って、ひっと肩が上がる。尊成はいつもの冷たい顔で伊織を見ていた。

しかし、一ついつもと違っているのが、どことなく、不思議なものを見るような目つきをしていた。伊織は一気に居心地が悪くなる。

けれどまあ無理もない、と伊織は思った。イヤホンで音楽を聴いていることに気づいていなければ、突然鼻歌を歌いだした女。痛いことこの上ない。

音楽を聴いていたから、と笑い飛ばして軽く言ってしまえばそれでおしまいの話だろう。けれど冗談を言えるような間柄ではない。だが真面目に謝るのも何か違う気がする。一瞬のうちに、伊織の頭の中にさまざまな考えがぐるぐると巡った。

しかし、考えてみたものの、どうすればいいのか答えは出なかった。視線がうろうろと空中を彷徨《さまよ》う。気まずい空気が車内に充満し、なんと言えばいいか困って、追い詰められた伊織は、結果、仕方なく急場しのぎに誤魔化すようにへらりと笑った。

（って、違う違う！）

笑った瞬間、伊織はすぐに後悔した。こんな風に笑ったって尊成が合わせてくれる訳がない。絶対零度の視線に晒《さら》されるのがオチだ。

馬鹿馬鹿、と心の中で自分をなじる。——しかし、次の瞬間、思いもかけないことが起こった。

伊織を見て少し驚いたような顔をした尊成が、口角を上げて、ふっと笑ったのだ。

(……笑った!?)

信じられないものを見た、とでもいうかのように伊織の目がまん丸に見開かれる。

愛想笑いなら、今までにも見たことがある。けれど今の笑いはそういった類いのものではない、初めて見る表情だった。

普段笑わない人が笑う。この破壊力はなかなかのものだった。しかも相手はイケメン。冷たい印象の顔が崩れて、不覚にも伊織はどきっとしてしまった。

「なんの歌?」

「……へ?」

イヤホンをしたままだったので、何を言われたのかはわからなかったが、尊成が何かを話しかけてきたのはわかった。伊織は慌ててイヤホンを耳から外す。

尊成がそれを見て首を傾けた。

「何か聴いていたのか。なんの歌だ?」

「……え？」

まさかそんなことを聞かれると思っていなかったので、伊織は一瞬、きょとんとしてしまう。しかし、すぐに我に返った。

なんでそんなことを聞いてくるのだろうと訝しく思いながらも、どうせ知らないだろうと高をくくって曲名と歌っているバンド名を素直に言った。

「知らないな」

平坦な声で尊成が言う。

まあそうだろう。最近人気が出てきたバンドだ。尊成がそういう流行《はや》りの曲に詳しかったらイメージと違いすぎる。

「わざわざそんなもので聴かなくても、接続すれば車でも聴ける」

そう言うと尊成は運転席と助手席の間に設置されている後部席用のディスプレイに手を伸ばそうとした。それを見た伊織は慌てて声を上げた。

「はっ？　いやいやそんな。大丈夫です！」

「別に気を遣わなくていい。音を大きくして聴きたいならそうする」

「え」

（そうじゃなくてっ）

急になんなんだこの気遣いは。今までこちらに無関心に見えた尊成の突然の申し出に、伊織は呆気に取られつつも困ってしまった。

黒塗り高級車に流行りのバンドの歌はそぐわなすぎるだろう。思ってもみない事態に、焦りからか伊織は額にじわりと汗が滲むのを感じた。

そのとき、緩やかに車が減速をした。そのことに気づいた尊成が顔を前に向ける。

「着いたか?」

「はい。もう間もなくです」

「そうか」

運転手が静かな声で答えるのを聞いて、伊織はほっと息を吐く。

(助かった……!)

しかしその安心も束《つか》の間《ま》だった。尊成が口を開きながら伊織の方を向く。

「じゃあこの件はまた帰りに」

(いや、だからいいって!)

思わず心の中で突っ込む。尊成がよくわからない。意外にサービス精神が豊富な性格なのか。

けれどよく考えてみれば、伊織は尊成の性格をこうと言えるほど、知っている訳ではなかった。もしかすると、今日が今までで一番長く一緒にいる日になるかもしれない。

伊織は、帰りまでに尊成が今の件を忘れてくれるように願いながら、肯定も否定もすることなく曖昧に笑った。

＊＊＊

会場はホテルの大広間で、受付を済ませて入ると、立食形式のパーティーなのだろう、たくさんの人が立っているのが見えた。

尊成の秘書から送られてきた情報によると、今回のパーティーは代替わりをした某企業の会長と社長の就任披露パーティーだそうだ。広告を扱う会社であるからか、さまざまな業種の人々が参加していて、かなり大規模なパーティーだった。

尊成と伊織は結婚したばかりで、業界内ではどちらも大手、しかもライバル企業同士で結婚ということもあって、かなり注目を浴びていることは伊織でも知っていた。

だからなのか、飲み物を口にしないうちから、次々と挨拶の声をかけられ、息つく暇もないぐらいだった。そうこうしているうちに、壇上の方で開会の挨拶が始まる。

乾杯の挨拶が終わると、相次いでスピーチが行われていく。伊織はそれを表情だけ取り繕って聞いているフリをしていたが、ふと気になって隣の尊成を見上げた。

「なんだ？」

視線を感じたのか、顔を向けた尊成に伊織は驚く。慌ててぱっと顔を逸《そ》らした。

「な、なんでもない」

「あと五分ぐらいだろう」

腕時計に視線を落とした尊成が言い聞かせるように伊織に言った。

なんだか飽きた子どもみたいに扱われているような気持ちになって、伊織は眉を顰めた。

「いや、別に我慢できない訳じゃないですけど」

「そう。ならいい。けれど我慢できなかったら別に行ってもいいと思う」

「え？　何が？」

「トイレだろ？」

「……違う」

（そんなアイコンタクトしてないし）

尊成に変に気を遣うのはやめると車の中で決めた伊織は、感情を隠さずに仏頂面で短く否定をする。すると、尊成は無表情のまま、あっさりと「悪い」と謝った。

それから、驚くことに本当に五分でスピーチは終わり、歓談となった。伊織は尊成と一緒にまた多くの人と挨拶を交わす。こんなにパーティーで人と話したのが、伊織にとっては初めてで、表情には出さないものの後半はかなり疲れてしまった。

「疲れたか？」

やっと声をかけてくる人が途切れたタイミングで隅の方に移動した二人は、そこにあった丸テーブルにドリンクを置いて少し休憩していた。

尊成が伊織の顔を覗き込むような仕草を見せる。伊織は軽く頷いてみせた。

「……足が痛い」

もはや取り繕う気力もなくなりつつあった。久しぶりに履いた高いヒールの靴でふくらはぎがもうパンパン、圧迫されている足の先はじんじんと痺《しび》れたようになっていて、ここに来てとうとう限界を超えそうになっていた。

「わかった。そろそろ引き上げよう。車を呼ぶ」

伊織の顔をじっと見ていた尊成は静かな声でそう言った。スーツの内ポケットからスマホを取り出して、耳に当てる。その間、伊織は傍らの丸テーブルに置いたドリンクを手にして一口飲んだ。尊成はシャンパンなどのアルコール類も飲んでいたが、伊織はあまりお酒が強くないので、ソフトドリンクに留めていた。フィンガーフードを中心に会場には美味しそうな料理も用意されていたが、タイミングがなくてそれらはあまり口にしていない。しかし気を張っていたせいか、あまり空腹は感じなかった。

「足が痛いんだって。すごーい」

不意にくすくすと人を嘲るような嫌な感じの笑い声が聞こえて、ドリンクをテーブルに戻そうとしていた伊織は一瞬、動きを止めた。

自分のことを言われているのだとわかった瞬間、かっと体温が跳ね上がるような感覚を覚える。同時にものすごく嫌な予感がした。その声の主が誰なのか、そちらを見なくてもほとんどわかってしまったからだ。

（げぇ……やっぱり）

それでも肩越しにちらりとそちらに視線を向けると案の定、見知った顔だった。通路一つ分を空けて配置されている隣の丸テーブルの前に、華やかな容姿の同年代の女性が三人いた。そのうち二人は伊織と同じ高校の出身で同級生だ。もう一人はパーティーで何度か見た顔で、遭遇するときは大体この二人と一緒にいる。

三人ともそれなりの規模を誇る会社の社長令嬢だったと記憶している。そんなに関わりがあった訳でもないのだが、パーティーや学生時代の伊織の振る舞いで癇《かん》に障るところがあったのだろう。どうやら目の敵にされているようなのだ。鉢合えばやたらと伊織を下げようとしたり、威圧してくるような態度を取られる。

なんだか感じが悪いなと思う人はたまにいるが、こんなにあからさまに態度に出してくるのはこの三人だけだった。その中でも中心人物は同級生のうちの一人ということは、それまでの雰囲気からなんとなくわかっていた。

(なんでこんなところで……)

しまった、と伊織は自分の迂闊《うかつ》さを呪う。親たちの会社の業種は違うからそこまで頻繁に顔を合わせることがないが、こういう他業種もたくさん集まるような規模の大きいパーティーではたまに見かけることがあるので、今日も警戒するべきだった。けれど、はっきり言って今日の伊織はそれどころではなかったのだ。それ以上に気を遣うことや考えることが多すぎて、とてもそこまで気が回っていなかった。

ここに来たときに隣の丸テーブルには誰もいなかったように思う。その後、伊織は尊成の方を向いていたので、あちらには注意を払っていなかった。その隙に伊織を発見して近づいてきたのだろうか。なんだか執念じみたものを感じて、伊織は少し怖くなった。

「すっかり妻気取り」

完全に馬鹿にするような言い方だった。その後で「やだ」「聞こえるわよ」と言葉を交わしながらくすくす笑い合っている。

伊織はそれを聞きながら心底うんざりした気持ちになった。と同時に、嘲笑されていることを自覚して顔が熱くなる。

しかし、どうしようか態度は決めかねた。突然の事態で動揺していたこともあったが、その迷いは明らかに尊成の存在を意識したものであったことを、そのとき、伊織はまだ気づかなかった。

その逡巡《しゅんじゅん》を知ってか知らずか、隣の会話は伊織に聞かせるようにどんどん明け透けなものになっていく。

「でも政略でしょ？　それでよくあそこまで大きな顔ができるわよね」

「そりゃあね。だって天下の篠宮グループのお嬢様よ？　私と結婚できて光栄でしょ、ぐらいに思ってるんでしょ」

「えっ逆でしょ？　だってお相手の方が……」

「どう見てもよね。すごく素敵な方なのに気の毒」

「お忙しいだろうし、我儘に付き合っている時間なんてないんじゃない？」

「でもあんまり放っておくと……」

「確かに。うるさそうよね」

あんまりな言い草に途中から耳を塞ぎたくなった。会話の合間はずっとくすくすと笑っていて、それもこちらの不快感を煽《あお》る。尊成が電話していると見てなのか、それとも尊成にも聞かせたいのか、言いたい放題だ。

こちらの反応を窺うように時折ちらりちらりと視線を送っているのを感じる。伊織は表情を見せるのが嫌で顔を背けた。

(なにこれ。私そこまで言われるほど何かした?)

ぎゅっと眉を顰める。一体何が気に入らないのか、さすがにここまで言われたのは初めてで、あまりにはっきりとした悪意を向けられて少なからずショックだった。それから、プライドが傷つけられたような屈辱感。なんだかものすごい我儘女に仕立て上げられていて、何も知らないくせによくそこまで言えるな、とその身勝手さに沸々とした怒りも込み上げてきていた。

しかし、ない交ぜとなる感情の中で、最も強く伊織の頭と心の中を占めたのは羞恥心だった。なぜだか、ものすごく居たたまれない気持ちになった。

何がそんなに、と言われると伊織にもよくわからなかったが、とにかくこんな女同士の小競り合いの渦中にいる自分が、公衆の面前で聞こえるように悪口を言われてしまう自分が、そんな女なんだと尊成に思われてしまうことが、顔から湯気が立ちそうになるほど、恥ずかしくて仕方がなくなった。

そのとき、自分が一体どんな顔をしていたのか、伊織にはそれを意識する心の余裕はなかった。表情を取り繕う頭もなく、伊織は尊成の胸あたりで留めていた視線を迷うように彷徨わせた後、覚悟を決めてきゅっと唇を引き結んだ。そしておそるおそるその視線を上げた。

途中で尊成の電話が終わっているのはわかっていた。元より運転手へ車を回すように依頼するだけの用件だ。すぐに終わるのは明白だった。

おそらくすべてではなくても、少しぐらいは彼女たちの会話が耳に入っただろう。伊織だってもちろんそのことには気づいていたが、それで尊成がもしあの冷たい表情で軽蔑するように見ていたらと想像すると、その顔を見る勇気がなかった。考えただけでみじめだったし、そうなったらどういう態度を取ればいいのかもわからなかった。

しかし、ずっとこのままという訳にもいかないだろう。

ばちんと視線が合う。今日散々見てきた、腹の立つほど整った文句なしにイケメンの顔を視界に入れた次の瞬間、伊織は拍子抜けしたように瞳を瞬かせた。

尊成は伊織が想像したどの表情とも違う顔をしていた。興味深いものを見るような、まるで観察するような顔で、少し首を傾けてこちらをじっと見ていた。

（え？　これってどんな感情？）

やっぱりこの人ってよくわからない。伊織は訝しげに眉を顰める。するとそれと同じタイミングで、不意に尊成が、今まで見たこともないような優しげな顔で笑った。すっと尊成の手が上がる。その筋張った指が伊織の頬を柔らかく撫《な》でた。

「どうした？　そんな顔をして。可愛い顔が台無しだ」

「……は？」

それはまさしく鳩《はと》が豆鉄砲を食ったような、と形容するに相応《ふさわ》しい顔だった。伊織は瞳をこれ以上ないほど大きく見開き、ぽかんと口を開いて尊成を見つめた。尊成の行動が、その言葉があまりに予想外すぎて、何を言われたのか、一瞬、理解が追いつかなかったのだ。

「せっかく今日は一段ときれいなのに。いつも美しいが、今日の君は特別にきれいだよ、伊織」

形のいい唇が優雅に弧を描く。シャープな印象の二重瞼の目尻が少し下がり、いつもの冷たい印象が和らいでいた。それはまるで、本当に最愛の恋人を目の前にしているかのようで。伊織は何も反応できないまま棒立ち状態で、その素晴らしく魅力的な顔を呆然《ぼうぜん》と見つめた。

まだよくわかっていない顔でゆっくりと瞬きをする。そして唐突に、名前で呼ばれたことに気づいた。

ぼんっと顔が爆発でもしたのかと思った。おそらく伊織の顔は熟したトマトのように真っ赤になっているだろう。それに、尊成の指が触れている部分が、じんじんと痺れたように熱くなっている。

(なななななな何!?)

まさしく何が起こったのか状態だった。イケメンがこの上なく優しい目つきで愛を囁《ささや》くように甘い言葉を言う。この破壊力は絶大で。しかもそれがあの尊成だからなおさらだ。それまでの尊成とのギャップを考えれば、伊織は尊成が突如、気がおかしくなったのかと一瞬本気で思った。

それとも、実は二重人格だったのかもしれない。だって、こんなのまるで別人だ。

「こんなに美しい妻がいて俺は幸せ者だな。君は乗り気じゃなかったかもしれないが、俺は本心から君との結婚を望んでいたんだ。だからとても満足している」

頬に触れていた指が離れて、だらんと身体の横に垂れている力の抜けた左手が取られる。そっとそれを持ち上げて、尊成は愛おしげにそこにはまっている指輪ごと薬指を撫でた。

その指輪はもちろん尊成から贈られた結婚指輪だった。体裁を整える程度のものだったはずが、シンプルな中にも値が張りそうなダイヤが並んで埋め込まれていて、別れることになったときに困りそうだなと思ったのを覚えている。混乱して頭がうまく働いていないのか、そんな場違いなことが一瞬頭をよぎった。

まるでドラマのワンシーンのようだと思った。なんなんだこれは。まさかドッキリ？　それとも何かの目的で演技をしているのか？

一体なんのつもりなのだ。尊成の突然の奇行ともいえる行動が理解できなくて、伊織の頭は理解しようとすることを諦めたのかもしれない。何かを言おうと思ったが、言葉にならず、口を閉じたり開いたりしながら、持ち上げられた手と尊成の顔の間で視線を行ったり来たりさせた。

「そういえば、足は大丈夫？　君はとても我慢強いからね。ずっと痛かったのに我慢してたんだろう？　本当に謙虚で困る」

すっと身体を寄せた尊成が、とても自然な手つきで伊織の腰に手を添える。その感触に驚いた伊織は、慣れていないこともあって反射的に身体を強張らせてしまった。いきなりの接触に心拍数が跳ね上がる。

しかし、そこまでされてようやく、ただただ驚いていた伊織も尊成の意図に考えが及んだ。であれば、ここは大人しくしているしかない。

伊織は何も言わず尊成の誘導に素直に従った。けれど、尊成が伊織のためにそんなことをするとはとても信じられなくて、まだどこか半信半疑ではあった。

「気づいてあげられなくて悪かった。すぐに車が来る。さあもう行こう」

尊成が腰をしっかり支えながら歩き出す。伊織は頷いてそれに合わせた。そちらを見る余裕はなかったが、隣のテーブルから聞こえてくる声は、いつの間にかぴたりとやんでいた。

尊成に腰を支えられたまま、会場を出た伊織たちは来たエレベーターに乗り込んだ。エレベーターには他にも一緒に乗り込む人がいて、箱の中に入ると自然に尊成の手は離れた。しかし触れられた手や密着した身体から伝わった、尊成の意外にがっしりとしたリアルな男性の感触の余韻が、伊織を落ち着かなくさせる。尊成の方を見られなくて、めいっぱいの真顔で正面をずっと見つめていた。

チン、とエレベーターの到着音が鳴る。

「大丈夫か？」

しかしその仮面は、尊成のただの一声で呆気なく崩れた。びくっと肩が跳ねる。前に立つ人が降りる間に問いかけられた声に、伊織は自分でも驚くぐらい大げさに反応してしまった。

「……な、何?」

「いや、足。痛いんだろ」

「あ、足? ああ、うん。だ、大丈夫……」

「そうか」

先ほどまでの甘くて優しい完璧な夫はどこにいったのか、すっかり通常運転に戻った尊成は伊織をちらりと見て短く答えると、スタスタとエレベーターを降りていく。

はっと我に返った伊織は慌ててその後を追った。

「ちょ、ちょっと待って!」

ロビーに向かって歩いていく尊成に声をかけると、尊成は素直に足を止めた。こちらを振り向いたところで、「ちょっとこっちに来て」と伊織は人がいない柱の陰へ尊成を引っ張っていった。

「何?」

「いや、何って」

淡々と聞かれて、言わなくてもわかるでしょ、と伊織は心の中で突っ込みを入れた。

なんでこんなに変わり身が早いのだ。あまりにも何もなかったような顔をしているので、もしかしてさっきのあれは夢だったのではないか、と一瞬、伊織は本気で思った。

「さっきの！　さっきのあれって……」

勢い込んだまま、『私のためにしてくれたの？』と言おうとして、伊織はすんでのところで躊躇《ためら》った。いや、もしかしなくてもたぶん絶対にそうで、そうでなければ尊成があんなことをする理由はないと思うのだが、いざ言葉にしようとすると、何かものすごく自意識過剰な発言のように思えたのだ。

もごもごと歯切れを悪くしていると、尊成が「ああ」と何かに気づいたような声を出した。

「さっきの。嫌だったか？」

「嫌、な訳では……その、驚いたというか」

「確かに」

ふっと笑みを漏らして口の端を上げた尊成に、伊織はまた驚いた。こんな風に笑うと思わなかったからだ。明らかに尊成の態度がそれまでと変わっている気がして、伊織はなんだか落ち着かなくなる。

「……なんで？」

なるべく平静を装っていたつもりが、それは少し急《せ》いた口調になってしまった。

「なんで?」

そんなのわかっているだろと言わんばかりな態度で尊成は腕を組んで伊織を見る。

「黙らすためだ。あそこまでやれば少なくとももうあんな風にうるさくは言えない」

それはわかっている。あんな見せつけられるような真似をされれば、彼女たちはもう尊成の前で伊織のことを悪くは言えないだろう。おそらく彼女たちは、尊成は政略で嫌々結婚をして、伊織に対して興味はないと思い込んでいたのだろう。それなのに、あんなにはっきりと伊織を守ったのだ。下手なことをすれば尊成を怒らせかねないとまで思うかもしれない。

だから気になっているのはそこではなく、どうして尊成が伊織のためにそこまでしてくれたのか、だ。このままいけば半年で離婚するのだ。別に尊成が何か言われていた訳ではないし、その手の悪口めいた話が嫌だったらその場を立ち去るだけで事足りたはずだ。それに、そもそも、そんなに繊細に気にしそうなタイプにも見えない。

彼だったら一睨みで黙らすことだってできたはずだ。今までの尊成のイメージだとむしろそっちの手を使う方が伊織としては頷けて、だからこそ、こんな回りくどいやり方を、彼のイメージすら崩してまでするなんて、そんなの何か理由がなくては到底信じられなかった。自分のためにと思えるほど、伊織も夢見がちではない。

「……えっと、それはその、ありがとう。……私ってそんなにひどい顔してた？」

しかし、そのものズバリを聞くのも気が引けて、伊織はとりあえずお礼を言った。

「まあ」

短く同意されて思わず苦笑いを浮かべる。それから窺うように尊成を見ながらおそるおそる口を開いた。

「……でも、それだけじゃないわよね。どうして……あそこまでしてくれたの？」

だいぶ思いきってその疑問を口にする。何か理由があるはず。それがなんなのか、純粋に知りたかった。

尊成が感情の読めない顔でこちらをじっと見返す。質問の答えでも考えているのだろうか。伊織はその視線を受け止めながら、尊成が口を開くのを黙って待った。わずかな間、沈黙が生まれる。

（なんでこんなにドキドキしてる!?）

ただ答えを待っているだけなのに、妙に鼓動が高鳴っていて、そんな自分に、少なからず動揺してしまう。

「妻だから」

「……え？」

「だから、妻だから。自分の妻が悪く言われていたら、庇《かば》うのは当然だろ」

まっすぐ伊織を見ながら、当たり前、と言わんばかりの口調で至極あっさりと尊成はそう口にした。それから、これでいいだろうと言わんばかりにロビーの方を気にしたようにちらっと見る。

「悪いがそろそろ行かないとまずい。前に車をずっと停めておけない」

促すように伊織の肩に手を置く。その動きに反応して伊織は咄嗟《とっさ》に顔を下に向けた。

「伊織？」

訝しげな声に慌てて首を振る。

「だ、大丈夫。足止めしてごめんなさい。行きましょう」

それから顔を背けるようにして歩き出す。尊成の方を見られなかった。自分でもはっきりわかるぐらい赤くなっている顔を見られたくなかったのだ。

伊織たちが乗り込むと、車は音もなく動き出した。シートに収まった伊織はクラッチバッグからスマホを出して時間を確認する。

もう十時近かった。そんなに会場にいたのか、と軽く息を吐いてシートに体重を預ける。座った途端に気が緩んだのか、ずっしりとした疲労感に全身が包まれていた。

クタクタの身体がまるで鉛のように重く感じる。

先ほどよりかは、幾分か落ち着きは取り戻している。けれどおかしな態度になっていた自覚はあるので、伊織は細心の注意を払ってさりげなさを装い、尊成の方に顔を向けた。

尊成は行きと同じようにタブレットを取り出して、そこに視線を落としていた。

(……また仕事か。忙しそう)

こんな隙間時間もすべて仕事に費やしているなんて。家に帰ってこないのは、本当に仕事のせいだったのかなとふと思う。

尊成は女性には不自由しないだろうし、実は、尊成が家に帰ってこないのは、仕事以外の理由もあるのではないか、と伊織は若干疑っていたのだ。

外からの明かりに時折浮かび上がるその横顔は、行きと少し違って見える。シャープな印象の目元は他者を寄せつけないような冷たさを放っていたが、伊織はもうそんな風には思わなかった。

(……さっきの。なんだったんだろ)

尊成の顔を見ていれば、自然に先ほど言われたことを思い出してしまう。言われた直後ほどではないが、心がむずがゆくなるようななんとも言えない衝動がまた込み上げてきて、伊織は慌てて窓の方に顔を向けた。

はっきり言って、伊織には尊成の『妻』という自覚がほとんどない。だから、彼が伊織どすれ違っているし、尊成も似たような感じだろうと思っていた。生活はほとんを心の中でもちゃんと妻のポジションに置いて、気にかけたり、守ったりしようとしていたことに伊織はかなり驚いた。そして、特別扱いされたことに不覚にもどきっとしてしまった。

(……なんか思ってた感じと違ったな)

今日一日の尊成とのやり取りが、取り留めなく頭の中に浮かんでは消える。伊織は勝手に再生されるそれらに思考を委ねながら、ぼんやりと窓の外を眺めた。

しばらくそうしていると急激に瞼が重くなっていくのを感じた。今日一日の溜《た》まった疲労が伊織を夢の中に引きずり込んだ。

＊＊＊

——娘がどうしても結婚を嫌がっている。

(知るか。そっちが先に言い出したことだろ)

結婚を条件に進められた二社の合併話。お互いの利益や損失回避のため、利害が一致し、両者ともに納得の上で進められた話だったはずが、結婚まで持ち出してきたのは篠宮の方だった。

心情的には正直、乗り気ではなかった。けれど、向こうにはまだ過去の因縁に囚われている人物がいて、その人間が重要な決定権を握っている。そして、実はこちらの内情的にも、そうした方が都合がいいという背景があった。

斉賀は斉賀で合併に際して、事情を抱えていた。合併は必ず実現しなければならなかった。

だからこの合併を失敗することはできなかった。どうせ元より結婚をそんなに特別なものとは思っていないし、別に好きで結婚したいと思っている女がいる訳でもない。だからある程度割り切って尊成はこの話を承諾した。

それなのに、娘が結婚をどうしても嫌がるから、合併に影響が出ないところまできたら離婚してほしいと今度は言う。無茶苦茶な話だと呆れたが、こちらもとりあえず結婚するという事実があればそれでよかった。それに、嫌がっている相手と結婚生活を続けるのも苦痛だろう。思うところはあったが尊成はそれも承諾した。

まあ確かに、我儘そうな女ではあった、というのが、そのときの伊織への印象だった。

直接話したことはなかったが、何度か見かけたことはある。これが篠宮の娘か、ぐらいの感覚で注意をして見ていた訳ではないからそんなに詳しいことはわからなかったが、目尻がきゅっと上がった瞳は猫のようで、その気の強さが表れている気がした。

たまたま、父親にツンとした態度で何かを言い返している姿を見かけて、あの父親にそうやって物申せるなら、やはりかなり勝気な性格なのだろうと思ったことを覚えている。

だから結婚が嫌だと駄々をこねるのも確かにやりそうだと思った。これまでの両家の関係性を考えたら、父親や祖父から斉賀の悪口を少なからず聞かされて育ってもきているだろう。納得がいかない様子は想像ができた。

けれど、そうだとしても普通は、どんなに娘が結婚を嫌がっても、離婚してもいいから、とは言わないだろうが、そこはあの父親だ。娘の我儘にのったフリをして、その後のことをしっかりと考えているのだろう。

会長である祖父が斉賀との結婚を条件に出さなければ、あの父親はもっと自分に利のある相手に娘を嫁がせようとしていたに違いない。この結婚話は父親にとっても予想外だったと言える。

ホテル事業のこれから予想される損失と娘の結婚がもたらす利益、それを両天秤《りょうてんびん》にかけて損失をカバーすることを選んだのだ。けれど、合併さえうまくいけば斉賀と結婚させている意味はあまりない。離婚してくれた方が、父親にとっても都合がいいはずだ。

そうやって道具のように扱われる伊織の境遇は、どういう性格であったとしても少々気の毒に思えたが、尊成が思ったのはその程度で、はっきり言ってさほど興味はなかった。妻になるといっても、これでは紙切れ上の関係に過ぎないものになるだろう。そうであれば、他人の人生の話だ。

――けれど。

その伊織への印象が変わったのは、初めての顔合わせの日だった。あの日、仕事を少し抜けて、会場となっていた自社のホテルに来ていた。顔合わせに入る前に、どうしても判断しておかなければいけないことがあったが、それを判断するだけの情報をまだ十分に得ていなかった。それでギリギリまでホテルの一階ロビーにあるラウンジで、秘書である神崎とそのことについて話をしていたのだ。

「ならまあ、いいだろう。承認する。決裁を通していい」

「わかりました。すぐに伝えます」

話が纏まり、席を立つ。そろそろ時間だった。上階に行く尊成と社に戻る神崎とはロビーで別れる必要があり、ラウンジからロビーに出るところで尊成は自然に立ち止まった。そのときに、何気なく正面の出入口を見て、そこから入ってきた人物に目を留めた。

「ちょうどいらっしゃいましたね」

隣に並ぶ神崎が言う。神崎も伊織の顔は知っていて、すぐに気づいたらしかった。

入ってきたのは尊成の結婚相手である篠宮伊織だった。おそらく顔合わせを意識したのだろう、ジャケットを着込んでかっちりした格好をしていた。元々勝気そうな顔立ちをしている上に、化粧やヘアセットをきっちりと施しているせいか、一層近寄りがたい雰囲気を漂わせている。手放しで美人とは言いがたい顔立ちだが、彼女には、思わず視線を向けてしまう独特な存在感があった。

やや急ぎ足で歩く伊織がロビーの中ほどまできたとき、そこに立ち止まっていた女性が突然動き出して、どんとぶつかった。

伊織はぶつかることを全く予期していなかったようで、その衝撃でバッグが床に落ちる。中に入っていたものが散らばった。

(意外に鈍くさいんだな)

そんなことを考えながら黙って事の成り行きを眺める。その見てくれの通り短気に怒り出しでもするのか、伊織の対応に少し興味があった。

伊織は特に怒らなかった。散らばったものを拾おうとして屈んだ女性の後を追うように、自分もしゃがみ込んで一緒に拾い始める。ここからでは何を言っているのかまではよくわからなかったが、大丈夫ですよとでも言うように相手に笑いかけていた。

「感じのいい方ですね」

一緒に見ていた神崎も少なからず意外だったのかもしれない。感心したような口ぶりに、尊成は曖昧に頷く。すると、大方拾い集めたところで、巻き戻しをするかのように何かがまた床に散らばった。どうやら、今度は伊織のミスでまた何かを落としてしまったようだった。尊成は顎に手を当てる。意外に思ったのだ。彼女のイメージからはとても考えられないようなドジぶりだった。

伊織も驚いたらしい。あーあ、とでも言いたげな顔で呆然としていたが、次の瞬間、取り繕うように、気の抜けた顔でへらりと笑った。

そこで尊成は、信じられないものでも見たかのように目を瞠《みは》ってしまった。情けなく笑う姿は、気の強い我儘なお嬢様、といったそれまでの彼女のイメージからはとても想像できないものだった。そうやって笑うと少し幼く見える。近寄りがたい雰囲気は一気に崩れ、どこにでもいる普通の女性のように見えた。

彼女の顔から、目が離せなくなった。そのときに尊成は少し考えを改めたのだ。彼女は自分が思っているような人物ではないのではないかと。

そう思って顔合わせに臨んだが、そんな考えを打ち砕くように、自分に向けられる態度は従来通りのものどころか、輪をかけて素っ気なかった。視線は何度も逸らされる始末だ。どうやら結婚を嫌がっているのは本当らしく、結婚にあたってのことを一応確認したが、あっさりと同意される。尊成自身が嫌がられていそうな雰囲気はそのときに十分察せられた。

その後何度か顔を合わせてもその態度は一貫して変わらず、ならばと取り決め通り干渉しない体《てい》で様子見をしようと思っていたら、仕事が立て込んで忙しくなり、それどころではなくなってしまった。

という訳で、今日まで尊成は伊織に対して一定の距離を保つスタンスを崩さないでいたのだが、この一日でまた、その考えも変わってしまった。きっかけはわかっている。行きの車の中で見たあの笑みだ。

あのとき、伊織は聴いていた音楽をうっかり口ずさんでしまって恥ずかしかったのだと思う。あの日、ロビーで見たときのように、彼女は自分に向かって気の抜けた顔でへらりと笑った。

そのときに、尊成は自分でも予想していなかった感情に陥ったのだ。まず、伊織がそうやって自分に笑いかけたことに少なからず驚いた。尊成に対して、そっち側の顔を見せると思っていなかったからだ。不意打ちだった。

次に湧いてきたのは、おそらく喜びに似た感情。自分でも驚いたのだが、けれどそれは、例えるなら、どうしても懐かない猫が不意にすり寄ってきてくれたような、そんな感情にも似ていたような気もする。

自分がそんな風に思ったことがおかしくて、尊成は思わず笑ってしまった。すると、そこから、彼女の態度も変わったような気がする。二人の間にあってお互いを隔てていた透明な壁が、そのときを境にふっと消えてなくなったような感じがした。

一体彼女にどんな心境の変化があったのかはわからないが、パーティーの間一緒にいて、尊成は取り繕わなくなった伊織に好感を持った。おそらく彼女の素はこっちなのだと思うが、お嬢様然としているよりよほどいい。

もちろん、第三者と話しているときはきちんと卒なく対応しているが、伊織は思ったよりもずっと、考えていることが顔に出るタイプだった。尊成が的外れなことを言ったときは、『それは違う』という顔をしているし、何か言いたげなときにきちんと対応してあげれば『嬉しい』とか『助かった』という顔をしている。

あの、伊織への嫉妬心を隠そうともしない女たちから遠回しの攻撃を受けたときには、苛立《いらだ》ちや悔しさ、羞恥心などがない交ぜになった表情で今にも泣きそうな顔をしていたものだから、思わずどうにかしてあげたくなった。それを自分だけに見せたかならなおさらだ。尊成が庇えばどうしてかと困惑し、妻だと言えば、真っ赤になって照れる。そういう素直な反応をする伊織は、尊成にはひどく新鮮で。

尊成が今まで相手にしてきた女たちはみな、腹の内で思っていることをとても上手に隠した。こちらの気を引きたいがために、尊成に必要以上に合わせたり、駆け引きをしようとしたりするのだ。

尊成の頭の中では、恋愛に割ける配分はそう多くはない。他に考えるべきことがたくさんあるからだ。腹の探り合いをするのははっきり言って面倒だった。だから、すぐに投げる。そのうち、女と関わり合うことすらしなくなった。実はもう何年も誰とも付き合っていない。まだ今日一日のことだけだが、伊織は一緒にいるのは全く苦にならなかった。むしろ、心地よくさえあった。もしかして、性格的に合っているのかもしれないと思うほどに。

尊成は持っていたタブレットの画面の明かりが消えたことで、自分が物思いに沈んでいたことに気づいた。普段には滅多にないことで、思わず苦笑いを浮かべてしまう。

そこでふと思い当たって隣に視線を向けた。伊織は背もたれに沈み込むように身体を預けて完全に寝ていた。いつの間にか深い眠りに落ちているようで、首ががっくりと斜め横に倒れている。尊成はその姿を見て眉を顰めた。そんな体勢で寝ていたら、起きたときに絶対に首が痛くなるだろうと思ったのだ。

自然に身体が動いた。タブレットをしまうと、二人の間にあるコンソールボックスを上げて障害を取り除く。そうしてから、伊織のシートベルトを外して、慎重に身体を支えながら肩に手を回し、上半身が自分の方に倒れるように傾けていく。

その途中で、伊織の靴が半分脱げていることに気づいた。

(もしかして痛みが出てたのか)

暗くてよく見えないが、踵《かかと》の高そうな靴だったかもしれないと思い当たれば、もう少し気にかけてあげるんだったと軽い後悔のような気持ちが込み上げる。

なぜだかとても優しくしてあげたくなって、まるで壊れ物でも扱うかのようにゆっくりと身体を動かし、最終的にその頭が自分の膝の上に収まるようにした。男の膝だからそこまで柔らかくはないだろうが、おかしな体勢で眠るよりはマシだろう。

よほど疲れたのか、そうやって体勢を変えさせられても伊織は起きなかった。覗き込むようにして様子を窺って、尊成は軽く息を吐く。

顔にかかってしまった髪の毛を指の腹でそっと避ける。尊成はそのまま髪の間に指を滑らせた。感触を確かめるようにゆっくりと撫でる。

そのときに、尊成は自分がもっと彼女のことを知りたいと思っていることに気づいた。そのまましばらくその感触に触れていた。

＊＊＊

誰かが遠くの方から呼ぶ声がする。自分の名前を呼んでいる、低く落ち着いた声。聞き覚えがある声のような気がしたが、伊織はあまりの眠気にそれ以上考えることができなかった。身体がひどく重くてまるで何かに押さえつけられているみたいだ。眠くて眠くて仕方がなくて、どうしても瞼が開けられなかった。

「……伊織」

「仕方ないな」

一瞬だけ浮上した意識がまたずぶずぶと沈む。しばらくすると、眠り込む伊織の身体を誰かが動かした。そのまま持ち上げられて、浮遊する身体。けれど、伊織はそれでも起きなかった。

「荷物を持って一緒に来てくれ」

ゆらゆらと身体が揺れる。支えを失ったようにぐらぐらと動いた頭が、動きに合わせて横に傾けば、とんとそこにあった壁にぶつかった。その壁はなんだか温かい。人肌ぐらいの温もりが心地よくて思わず無意識にすり寄ってしまう。

（……なんか、この壁いいかも……。いい匂いもするし……ん、匂い？）

そこで、突然、はっと意識が覚醒した。二、三度瞬きをして前方に見える風景に目を凝らす。ひどく見覚えがあった。けれど、何かがおかしい。まだはっきりと動いていない頭では違和感の正体が突き止められず、伊織は夢うつつのまま、導かれるように顔を上げた。

「えっ」

唐突にすべてを把握した。上げた視線の先には尊成の顔があった。慌てて自分の身体に視線を下ろす。驚くことに、伊織は尊成に横抱きにされて移動しているところだった。いわゆるお姫様抱っこというものだ。

見覚えがあるのも当然で、尊成はマンションの共用廊下を歩いているところだった。エレベーターから降りて、自宅の扉までの間の道だった。

「な、なんで……」

尊成にお姫様抱っこをされているのか？　起き抜けの驚きの事態に、尊成に運ばれながら伊織は混乱と戸惑いが入り混じった声を漏らす。

（た、確か、車で急にものすごく眠くなって……で、寝ちゃったのかな。寝ちゃったってことだよね。それで……）

もしや、というどきりとした考えが浮かぶ。どうしていいかわからないというように身体をぎゅっと縮こめながら、おそるおそる尊成の顔を見上げた。

「車の中で寝てしまって、着いても起きなかった。だから運んでいる」

ちらりと伊織に一瞥《いちべつ》をくれた尊成は涼しい顔のまま答えた。

やっぱり。途端に顔に熱が集まる。

伊織は普通体型だ。すごく太っている訳ではないが、それなりに体重はある。きっと重いだろう。そう思えばひどく申し訳なくて、居たたまれなくなった。少しでも重みを軽くしようとでもするかのように伊織はさらに身体を縮こめる。

「起こして……くれればよかったのに」

「一応起こしたが」

「一応じゃなくて、もっとちゃんと起こしてくれればよかったのに。お、重いでしょ？　あの、ありがとう。もう大丈夫だから下りて自分で歩く」

「靴を履いてないから無理だ。それに別に重くはない」

「え？」

つられたように足の先に視線を移動すれば、確かに、今日履いていたパンプスはそこにははまっておらず、ストッキングに包まれた足の指が揺れていた。

「く、靴は？」

「高橋《たかはし》が持っている。心配ない。後ろから来ている」

「ええ？」

高橋というのは、尊成の運転手の名前だった。伊織は慌てて背後を確認しようとしたが、首を巡らしても、伊織の位置からでは尊成が壁となってそちらを見ることはできない。伊織は諦めてそれ以上見ようとするのはやめた。

「ごめんなさい……迷惑かけちゃって」

尊成の運転手にそんなことまでさせてしまったのかと思うと、申し訳なくて、伊織はしょんぼりと肩を落とした。

「別に。迷惑ではない」

尊成はそう言って、実際に特に気にした素振りもなくスタスタと歩いた。先ほど本人が『重くない』と言った通り、その腕は力強く、確かに、そんなに大変そうではない。普段、そこまで身体を動かしてもいなさそうなのに、触れている部分はがっしりしていて、しっかりとした筋肉がついていそうなことが窺えた。

（意外に力があるんだな……）

意識すれば妙にドキドキとしてしまって、顔を上げていられなくなった伊織は俯《うつむ》いた。冷静に考えればすごい格好だ。顔はすぐ近くにあるし、片方の手は脇の下、もう片方の手は膝下に差し入れられている。

もちろん伊織は今までに男性にそんなところを触れられたことはない。特に、脇の下に来ている手は、もしかすると胸に少し触れているかもしれない。そんな風に思えば、急激にそこが熱を帯びていくような感覚を覚えた。

「鍵、開けて」

「え？」

急に上から声が降ってきて、伊織は慌てて顔を上げた。見れば自宅の玄関扉がもう目の前に迫っていた。

（開ける？）

首を傾けかけて、すぐにその意味するところに気づく。この扉は、鍵でも開けられるが、予め指紋を登録しておけば、指紋認証でも開けられるのだ。もちろん伊織のものも登録してある。尊成は伊織を抱き上げていて手が塞がっているから、お前の指紋で開錠しろということだろう。伊織は慌ててセンサーに指をかざした。

がちゃんと音が鳴る。尊成が伊織を抱いたまま身体を引くと、示し合わせたように横からすっと現れた高橋が扉を開けた。

開いた扉の中に進んだ尊成は、玄関マットの上にそっと伊織を下ろした。そのときに顔が今までになく近づき、尊成の薄い唇が伊織の眼前に迫った。整髪料の香りなのか、シトラス系の爽やかな香りが一瞬ふわっと漂う。

着地は驚くほどスムーズだった。伊織の足がモコモコとした玄関マットにしっかりと着地したのを確認して尊成がゆっくりと身体を起こす。

こんな風に大事そうに扱われると落ち着かない。速くなった鼓動を誤魔化すかのように、馬鹿みたいにかしこまって「ありがとうございます」とお礼を言った。

「いや」

短い返事があったが、伊織は尊成の方をまともに見られなかった。

第四章

――かちゃり。

リビングのソファで寛いでスマホを見ていた伊織は、廊下の方から聞こえたわずかな物音にぴくりと反応した。

（……もしや帰ってきた？）

途端に落ち着かなくなってソワソワとしてしまう。伊織は行儀悪くソファに上げていた脚をラグの上に下ろした。

パーティーの日から二週間ほどが過ぎていた。その間に、尊成の行動で明確に変わったことがあった。たまに早く帰ってくるようになったのだ。

伊織はスマホに表示される時間を確認する。

――午後九時四十二分。

これは、今までの尊成からすると、考えられないぐらい早い。パーティーの前には、伊織が起きている時間に帰ってくることはほとんどなかった。

（こっちに来るかな……）

そして、彼のもう一つの変わった行動。

足音が近づいてきて、がちゃりとリビングの扉が開いた。

「お、おかえりなさい」

扉の向こうから、スーツ姿の尊成が現れる。伊織は顔をそちらに向けるとぎこちなく笑った。尊成は帰宅して、伊織が起きていることがわかると、リビングに顔を出すようになったのだ。

これもパーティー前には決してなかった。伊織は『おかえりなさい』を言うたびに、まるで本当の夫婦になったみたいで、なんだか照れくさくなってしまう。

「ああ」

「今日は早く終わったの？」

リビングの中ほどに歩いてきた尊成はソファの手前で立ち止まった。

「な、何？」

整ったその顔でじっと見つめられて、伊織は居心地が悪そうに身じろぎをした。いくらパーティーで少し打ち解けたといっても、尊成の表情の動きが少ないのは相変わらずで、こんな風に黙られるとどう反応していいのかわからなくなってしまう。

「……いや。ここ最近が特に忙しかっただけだ。いつも毎日遅い訳ではない。やっと今の会社の引継ぎ関係が一段落したから、これからは少し落ち着くと思う」

「……そう、なんだ」

尊成の言葉を聞いて、そこで伊織はすとんと腑《ふ》に落ちるものを感じた。確か尊成は、結婚前には斉賀ホームズという住宅を全般に取り扱っている会社の代表取締役を務めていたはずだ。しかし、ホテル事業での篠宮との合併により、そっちは退いて新会社の代表取締役に就任することが予定されている。斉賀ホームズでの辞任に関連しての引継ぎや手続きとホテル事業の合併準備が重なれば、それは確かに目が回るほどの忙しさになるだろう。

「あ、お腹空いてる？　ご飯は？」

「済ませてきた」

別に避けられてきた訳でもなかったのだと思えば、妙に心が軽くなっていくのを感じた。思わず安心したような笑みを浮かべてしまう。もし何も食べていないのであれば、何か作ろうかな、と思う程度には、伊織の心は浮き立った。

（ん？　浮き立つ？）

そこで伊織は首を傾げた。何かが違っている気がする。別に伊織は尊成が好きな訳ではない。これは割り切った夫婦関係だ。だから避けられていようが、そうではなかろうが、別にどうでもいいはずだった。

「シャワーを浴びてくる」

短く言われてくるりと背が向けられる。伊織は、釈然としない気持ちを抱えたまま、「うん」と半ば条件反射で答えた。

尊成が出ていくと、しんとした静寂に包まれる。伊織はふうっと息を吐いた。

(変じゃなかったかなあ)

パーティーの後から、尊成と話すとき、妙に構えてしまっている自分には気づいていた。腰を支えられたときの大きな手の感触とか、横抱きにされたときのがっしりした身体とか、至近距離で見たその薄い唇とか。突然甦ってきて鼓動が速まる。つまり、端的に言えば、意識してしまっているのだ。

(ちょっと優しくされただけで単純すぎない?)

きっと男性に対して免疫がないからだ。伊織はそう考えて自身を納得させていた。実際、関係はあるだろう。だから尊成に慣れればきっとそこまで意識することもなくなるはずだ。

そのとき、まだ手の中にあったスマホがブルブルと震えて伊織ははっと我に返った。画面を見ると紫苑の名前が表示されている。

「はい」

『お疲れ。何やってた？』

電話に出ると、紫苑の明るい声がスマホから聞こえてくる。

「家にいたよ」

『もうお風呂入っちゃった？　私、明日休みなんだけど、ちょっと早く終わったから、軽く飲まないかなと思って。今から出てこられない？　それか私がそっちに行ってもいいけど』

「あー……うん。まだお風呂は入ってはないけど……」

伊織は歯切れを悪くさせた。たまにあるお誘いだ。伊織はあまりお酒を飲まないが、紫苑は時折こうやって伊織を誘う。きっと何か話したいことがあるのだろう。

――けれど。

付き合ってあげたいが、今日は難しいかなと伊織は思った。

『難しい？』

伊織の声のトーンが変わったことにすぐに紫苑も気づいたようだった。

「うん、ごめん。今日はちょっと。尊成さんが帰ってきてるから。出づらい」

『えっ』

電話口で紫苑の声が跳ねた。

『帰ってくるようになったの？　全然家に寄りつかないって言ってたじゃん』

「仕事がちょっと落ち着いたらしい。たまにこのぐらいの時間には帰ってくるようになった」

『えー、何それ。避けてたんじゃなくて、家に帰ってこなかったのは本当に仕事が理由だったってこと？　それは意外な展開』

「そうみたい」

伊織は紫苑からは見えないとわかりつつも、肩を竦めてみせた。

『なるほどねえ。それで、何か話したりしたの？　進展あった？』

「進展、というほどのことでもないけど……」

そこで伊織は紫苑に尊成とパーティーに出たことと、そのときにあった出来事をかいつまんで話して聞かせた。紫苑はふんふんと相槌《あいづち》を打ちながら聞いていたが、尊成が伊織を庇ったあたりで、興奮したように『やば』と声を上げた。

『最初から優しい人がそれをやってもそこまでじゃないけどさ。素っ気なかったのにいきなりそれはやばい。しかもイケメン。誰でもぐらっとくるわ』

「だよね」

『で、そこからのお姫様抱っこ？　何それ、ドラマみたい。それは好きになる』

軽い調子で言われて、伊織はあはは、と笑い声を上げた。

「いや、さすがにそれぐらいで好きにはならないけどさ。でもかなりイメージは変わった」

『え？　嘘。好きになってないの？　ちょいラブぐらいはきてるでしょ？』

「ラブ……？　うーん、どうかなあ」

確かに意識はしてしまっているが、恋愛的に好きになっているかといえばそれはあまりぴんとこなかった。でも、経験がないからわからないだけなのかもしれない。これが男性を好きになるということなのだろうか。伊織は首を捻る。

『ま、伊織は恋愛脳じゃないしわからないか。でもさ、じゃあちょうどいいじゃん』

「何が？」

『え、あれだよ。ほら。伊織のお悩み解決してもらえるんじゃない？』

「悩み？」

紫苑が何を言いたいのかよくわからなくて、伊織は眉を寄せた。

（私、何か悩んでたっけ？）

考えてみるが、思い当たらない。尊成に解決してもらえそうな悩みなんてあっただろうか。

『もう。忘れちゃったの？　処女のこと』

「え？　あっ」

周囲に誰かいるのか、紫苑の潜めた声に伊織は上擦った声を上げた。

前回、紫苑とした会話が脳裏に甦る。そうだった。確かに自分はそのことを紫苑に話していた。

『あれ、もしかして、もうしたの？』

「し、してないよっ」

『まあ、そうだよね。じゃあ、お願いしてみたら？　悪い人じゃなさそうだし、いけるんじゃゃん？』

「ええ？　いや、そんなのどうやってお願いすんの……無理だよ」

紫苑の突拍子もない提案に伊織は呆れたような声を出した。

（処女のままバツイチになるのが嫌だから、一回してくださいってお願いするってこと？　無理無理無理）

ちょっと想像してみて、伊織は頭の中ですぐにそれを打ち消した。いくら少しだけ打ち解けたからといって、尊成にそんなこと、死んでも言えない。案外あっさりと、別に構わないとか言いそうな気もするが、反応が怖すぎる。

それに、あの尊成とそういった行為をすることが、伊織の中ではとても想像がつかなかった。

『うーん、だめかあ。いいと思ったんだけどな』

「無茶でしょ。私がそんなこと言えると思う？」

『いや、けっこう思いきりいいところあるじゃん。あ、じゃあさ』

いいことを思いついた、とでもいうように紫苑の声が弾む。対して伊織はそんな紫苑の電話越しの様子に目をすがめた。

（ろくなこと言わない予感……）

『ちゅーは？』

「ちゅう？」

馴染みのない単語を言われて伊織はひっくり返ったような声を出した。次の瞬間、さっと頬に赤みが差す。

『そう。前も言ったけど可愛く、ちゅーしよ？って言ってみ？　大体してくれるから。それでちゅーできたらもうこっちのもんだよ』

そのとき、伊織の脳裏に浮かんだのは、なぜか、尊成の薄い唇だった。そのことに自分でも驚いて、慌ててそのイメージを振り払うようにぶんぶんと頭を振る。

「それが成功するのは紫苑だからでしょ。未経験者に高等テクニックを押しつけないでよ」

思いっきり動揺したことを悟られたくなくて、伊織はできるだけ冷たい声を出した。

あはは、と電話口から紫苑の楽しそうな笑い声が聞こえてくる。

「もう、遊ばないでよ。そろそろ切るよ?」

『ごめんごめん、今度ゆっくり話聞かせてよ』

「うん。今日は誘ってくれたのにごめんね。また今度」

じゃあね、と言い合って電話を切る。伊織は通話を終えたスマホを身体の横に置くと、はあ、と息を吐いた。

(余計なことばっか言ってくれた……)

そんなことを言われたら、余計に意識してしまうかもしれないではないか。

「お風呂、入ろ」

気持ちを切り替えるように呟くと、伊織は勢いよくソファを立った。

「いい感じ」

グツグツといい音を立てて煮える鍋の前に立って、伊織はぐるぐると鍋の中身をかき回していた。

今日はフェリーチェでのアルバイトもなく、伊織は日中暇を持て余していた。せっかくなので何か作ろうかなと考え、そこで、ちょっと凝ったカレーを作ろうといきなり思い立ったのだ。それで、わざわざ電車に乗って品揃えがいいスーパーに行き、材料を購入して、スパイスからせっせと作った。ほぼ半日かけて煮込み、やっとそろそろ完成というところまできたのだった。

「わ、もう七時」

どうりでお腹が空いているはずだ。今の状態で食べればさぞかし美味しいはず。伊織は皿を取り出そうと、背後にある食器棚を振り返った、そのときだった。

前触れもなく、リビングの扉が開いた。

伊織の頭の中では、その扉はこの時間には絶対開くことはないはずで、それ故、飛び上がるほど驚いた。

どくん、と心臓が大きく跳ね、それと同時に身体がびくっと震える。実際に一センチぐらいは浮いていたかもしれない。

「……びっくりした」

バクバクと脈打つ胸を押さえ、伊織は思わず呟いた。

「悪い。そんなに驚くとは思わなかった」

扉を開けたのは尊成だった。チャコールグレーのスーツがすらりとした体躯によく似合っている。そんなに悪いとも思っていなさそうな顔で、リビングに一歩足を踏み入れたところで止まってこちらを見ていた。

まだ若干ドキドキが残っているものの、驚きから立ち直った伊織は改めて尊成を見て首を傾げた。

「……何か、あったの？」

「いや」

なんでそんなことを言うのかというように不思議そうな顔になった尊成に、苦笑いを浮かべる。

「だってこんなに早く帰ってくるの、初めてだし」

「確かにそうかもしれないな。今日はいつもより早く終わった」

そこで尊成は何かに気づいたように、怪訝《けげん》そうに眉を顰めた。

「……何をしている？」

「何って？　カレーを作ってただけだけど？」

「カレー？」

言いながら近くまで歩いてきた尊成がまじまじと鍋を見つめる。

「まさか自分で？」

「そうだけど？」

なぜだか尊成は驚いたような顔をしていた。けれど伊織は尊成が何に驚いているのかわからず、不思議そうに彼を見上げた。

「ハウスキーパーは？　今日は休みか」

そこで伊織は、ようやく尊成が何に驚いているのか気づいた。伊織たちは二人ともいわゆる『お手伝いさん』がいるような家で育っている。だから彼は、伊織が自ら料理をするとは端《はな》から思っていないのだ。

「ハウスキーパーの人には、掃除をしてもらってる。でも料理は自分でしてるの。私、料理が趣味だから」

やってみたらそこまで家事も苦痛ではなく、別にハウスキーパーが絶対に必要な訳ではないのだが、尊成が最初に手配したハウスキーパーを勝手にキャンセルする訳にもいかず、来てもらったときには主に掃除をお願いしていた。

「趣味？」

「うん。作るのが好きなの。ほら、冷蔵庫にいろいろ入ってたりしなかった？　たまになくなってたから、……あなたも食べてるんじゃないかと思ってたけど」

伊織が自信なさげに言うと、尊成は記憶を探ろうとするかのように、顎に手を当てた。すぐに思い当たったようで、驚いたように伊織を見る。

「あれが……」

「そう。私が作ったの。ハウスキーパーの人が作ってたと思ってた？」

「ああ」

尊成が素直に頷く。

「まあそうだよね」

薄々そうだろうなとは思っていた伊織は、苦笑いを浮かべて肩を竦めてみせた。それから、気を取り直したように改めて食器棚を開けようとして、ふと尊成を見た。

「ご飯、食べた？」

「いや」

言いながら尊成がネクタイを緩める。筋張った大きな手にふと目がいった。

「……食べる？」

気づけば、するりと言葉が口からついて出ていた。

「どうぞ。これで足りる?」

「ああ」

ご飯とカレーを盛った皿を尊成の目の前に置く。部屋に一度戻ってスーツから着替えてきた尊成はリラックスした格好をしていた。白のTシャツとゆったりとしていて柔らかそうな生地の黒いパンツを穿《は》いている。

伊織は今までに彼のスーツ姿しか見たことがなかったので、御曹司でもこんな格好をするのかと、正直、現れたときにとても驚いた。しかしよく考えれば、一日中スーツ姿な訳がないし、彼だって気の抜けた格好だってするだろう。そう思ってもなんだか慣れなくて、妙に落ち着かなくなってしまった。

(どんな格好していても、イケメンはイケメンだな……)

何を着ても様になるのだから、恐れ入る。むしろ、そのシンプルさが余計にスタイルのよさを際立たせているように感じた。

対して伊織は尊成が帰ってくると思わず、かなりだらけた格好をしていた。ハーフパンツにパーカーで、外に出たから一応軽く化粧はしていたが、髪は後ろで一つに結んだだけ。この前のパーティーのときと比べたらえらい違いだ。恥ずかしくなったが、いきなり着替えてくるのもおかしいので開き直るしかなかった。

尊成の前に座り、カレーを前に二人で『いただきます』をする。このリビングには立派なダイニングテーブルがあったが、そこに二人揃って座るのは初めてだった。ちらりと目線を上げると、尊成がきれいな所作で手を合わせていた。普段はきりっとしてシャープな印象の瞳が伏せられている。

その姿を見た瞬間、伊織は突然、なんとも言えない奇妙な感情に襲われた。嬉しいような恥ずかしいような泣きたくなるような。それでいて、ぎゅっと胸が締めつけられるような、詰まるような感覚。

（？……なんだろ）

自分でもそれが一体どういう感情からくるものかがわからなかった。困惑して、スプーンを取ろうとする手が止まる。その間に尊成がカレーとご飯をスプーンにのせ、口に運んだのが見えた。

伊織は思わず、息を詰めてその光景を凝視してしまった。

勢いで食べるかと聞いてしまったが、言った瞬間に後悔した。こんな家庭料理を彼が食べる訳ない。きっと普段からちゃんとした料理人が作った料理ばかりを食べているはずで、相当に舌は肥えているに違いない。

趣味と言ったって、味がどうなのかなんてわからないのだ。前に食べたときはハウスキーパーが作った料理だと思っていた訳だし、彼は今までに、そこら辺の女が作った料理を食べる機会に出会ったこともないだろう。

けれど尊成は『俺が食べてもいいんだったら』と控えめな態度でその提案を受けたのだ。もしかして、ものすごくお腹が空いていて、胃に入ればなんでもいい状態だったのかもしれない。だとしても、口に合うかどうかはわからず、伊織は尊成の反応を食い入るように見つめた。

考えてみれば、自分の手料理を男の人に振る舞うのは初めてかもしれない。それがこんなに緊張することとは思わなかった。相手が尊成なのだからなおさらだ。

(この人、全然表情に出ないからわかりづらいな。これは……いまいち？　それとも美味しい？)

眉一つ動かさず涼しい顔で口を動かす尊成を伊織はじっと見つめる。こんなに見つめられては食べづらいだろうが、尊成からはそんな気配も一切感じなかった。喉仏が動いて、尊成が口の中のものを飲み込んだのがわかった。

ふっと視線が上がって、尊成が伊織の顔を見た。

「美味しい。料理が上手なんだな」

「えっ……ほ、ほんとに？」

尊成のことだから、このまま無言で黙々と食べるパターンもあるかも、と若干身構えていた伊織は、なんてことのない口調でさらりと褒めるようなことを言われて、思わず裏返った声を出してしまった。

「ああ。こんなことで嘘をつく必要はない。本当に、今まで食べたカレーの中で一番美味しい」

「ええ？」

そう言って、もう一口すくい上げて口に運ぶ尊成を見ながら、素っ頓狂な声を上げてしまう。褒めてもらえるのは嬉しいが、いくらなんでもそれは言いすぎだろう。今までどんなカレーを食べてきたのか知らないが、どこぞの有名シェフが作ったカレーとか、高級食材をふんだんに使ったカレーとか、尊成だったらかなりランクの高いカレーを食べたことは、絶対にあるはずだ。

そりゃ伊織だってスパイスを入れたり、隠し味を効かせてみたりして、ルーで作るよりかは凝ったものを作ったつもりではある。けれど、『今まで食べた中で一番美味しい』と言われるほどのものであるかといえば、首を傾げざるを得なかった。

今までの尊成はどちらかというと、回りくどいことを嫌い、忖度《そんたく》なしにはっきりと物を言うような印象だった。そんな彼でもこういうときは気を遣ってリップサービスするんだ、と伊織は珍しいものでも見るような視線を尊成に向けた。

それからはっと我に返って、変な声を上げてしまったことを誤魔化すように軽く咳払いをした。

「えっと、そこまで気を遣わなくても、大丈夫なので。そんなに過剰に褒めてもらわなくても、そこそこでも美味しいと思って食べてもらえれば」

「過剰？　そんなつもりはないが」

「いや、だって、今までで一番美味しいとか、さすがにそれほどのものでは……」

「それほどのものと思ったから言ってる」

伊織の言葉にかぶせるようにして、尊成がはっきりと言い切った。その口調が意外なほど強かったので、伊織は二の句が継げなくなってしまった。不意を突かれた顔で黙って尊成をただ見つめる。

そのとき、尊成がふっと笑って口元を綻ばせた。すっと上がった冷たい印象の目尻が柔らかく下がる。

「本当に、美味しいよ」

——心臓を、ぎゅっと掴まれたかのようだった。

ぶわっと身体の温度が一気に上がる。頭の天辺から足の先までもが。

伊織は最初、自分のこの反応は照れからくるものだと思った。さっきまで淡々と喋っていたのにこんな風に優しく笑うなんて反則だ。こうやって男性に褒めてもらう状況に慣れていないから、まともに受け取ってしまって恥ずかしくなっているのだと。

けれど、瞳がしきりに瞬きを繰り返していることに気づいたときに、わかってしまった。熱いものが胸の奥底から急激に込み上げてくるのを自分が必死に抑えていることを。

――泣きたく、なっている。

でもそれは別に悲しいとか寂しいとか辛いとか、そういった感情からくるものではない。

それを認めたときに、伊織の心にすとんと落ちてくるものがあった。

（……この人は今、私がずっと欲しかったものをくれたんだ）

人によってはそんなことで？と思うかもしれない。でもたぶん、本当は、こういう光景を、ずっと結婚生活に求めていたのかもしれない。こうやって一緒に同じご飯を食べて笑ってくれる人を。

（この人って……）

やっぱり最初に思った印象とは違う。感情が顔に出ないから何を考えているかいまいちわからないけれど、本当は優しい人なのかもしれない。だって、その行動は、伊織が思うよりずっとこちらのことを考えてくれている。

「伊織？」

呼びかけられて、伊織はスプーンを持ったまま、ずっと固まってしまっていたことに気づいた。

「な、なんでもない……ありがとう」

誤魔化すようにへらりと笑うと、そそくさとカレーを食べ始める。尊成が美味しいと言ってくれたからだろうか、それとも一緒に食べている人がいるからか、いつもよりもやたらと美味しく感じた。

あまり食欲が旺盛なイメージはなかったが、尊成はカレーをぺろりと平らげた。それを見た伊織は、急いでカレーを口に運ぶ。食べ終えれば尊成が自室に戻ってしまうかもと考えたからだった。いつもよりかなり速いスピードでなんとか食べ終えて、口に残ったものを水で流し込んでいると、尊成が何かを言いたげにこちらを見ていた。

「そんなに急いで食べない方がいい」

「話したいことが、あるの」

伊織はカレーを食べながら考えていたことがあった。コップを置いたと同時に切り出すと、尊成の言葉にかぶせるような形になってしまった。勢いに任せて言い直す。

「今、話してもいい？」

「ああ。どうぞ」

尊成は特に気にした様子もなく、興味を引かれた顔で伊織を見た。皿を片付けようとしていた手を止めて促すように軽く頷く。それに背中を押されたように、伊織は口を開いた。

「あの、私たちって、結婚してから、まだ数えるぐらいしか顔を合わせてないと思うんだけど」

「そうだな」

「お互いについて、知らないことがまだたくさんあると思うの」

「ああ」

「それで、もうちょっとお互いを知る努力というか、機会を持った方がいいと思ったんだけど……」

言いながら伊織は尊成の顔色を窺った。律義に相槌を打っていた尊成と視線が合う。

相変わらず表情に動きはない。けれどなんとなく、観察されているような感じを受けた。

(……この間は何?)

尊成の反応が読めなくて落ち着かない気分になる。そんなに変なこと言ったかな、と鼓動が妙に速くなっていくのを感じた。

伊織としては勇気を出して素直な気持ちを言ったつもりだった。尊成のことをもっと知りたくなった。けれどこの調子でいったら半年はあっという間だ。このまま何もしないでいたら後悔するような気がしたのだ。

「べ、別に何か特別なことをしたいという訳じゃないの。歩み寄りというか。その、もう少し……」

「そうだな。いいと思う」

沈黙に耐えきれなくなった伊織は補足するかのように口を開いたが、だんだんと尻すぼみになってしまった。そこに尊成の言葉が降ってきて、目を瞬く。

間を取った割にはあまりにもあっさりと同意されたからだった。

「ほ、本当に?」

「ああ。同じことを考えていた。異論はない」

(だったらさっさと頷いてくれたらよかったのに!)

妙にドキドキしてしまったじゃないか、と内心突っ込みながらも口には出さず、伊織はほっと表情を緩めた。

「で、具体的には何を?」

「え?」

「その歩み寄りというものについて、具体的に何をするか希望はあるか? こちらもできる限りのことはするつもりだが、言ってもらえれば要望に応えるよう努力する」

「え、えー……」

淡々とまるで会議でもしているような口調で言われて、伊織は虚を突かれたように言葉を詰まらせた。

(よ、要望?)

そんな風に言われるとは全くの想定外で、意外な切り返しに一瞬頭が真っ白になる。伊織としては、具体的なことまでは考えていない。はっきり言って完全にノープランだ。

(待って、そこまでは考えてなかった……けど、え、何か言わなくちゃだめな感じ?)

伊織の言葉を待つかのような尊成の視線に妙なプレッシャーを感じてしまう。

尊成らしいといえばらしいのだが、要望なんて言葉を使われると、何かすごくちゃんとしたことを言わなくてはいけないような気がして、じわじわと焦りのような気持ちが込み上げた。

張り切って切り出したのに、何もないなんて。尊成にどう思われるかと考えると、なんとなくそのままそう伝えるのは躊躇われた。

だったらなんでもいいから何か言わなくては。頭が大慌てで思考を始める。

そのとき、何が引き金となったのかはわからないが、纏まりのない頭の中で、唐突に紫苑の言葉が脳裏に浮かんだ。

——可愛く、ちゅーしよ？って言ってみ？

「……ちゅー？」

焦っていたせいか、どうやら浮かんだと同時に口に出してしまったらしい。耳で拾った音でそれに気づいた伊織はぱっと手で口を押さえた。

（ぎゃっ、口に出てた！）

ぶわっと血液が逆流する。一気に顔に熱が集まった。

「ちがっ、今のは違くて。間違っ——」

伊織は慌てて訂正を試みた。しかし焦りと恥ずかしさから舌がもつれてうまく喋れない。まさに穴があったら入りたいとはこのことだった。

「ちゅう?」

そのとき、尊成が一言、言葉を発した。初めて聞いた外国語を復唱したように、そのイントネーションはどこかおかしかった。伊織はぴたりと動きを止めて尊成を見る。発した言葉の響きとは裏腹に、眉を寄せて何かを考えるような表情をしていた。

「ふふっ」

気づいたら口から笑いが漏れていた。まさか尊成の口から『ちゅう』という言葉が出るなんて。今までの彼のイメージとのギャップにたまらなくおかしくなってしまったのだ。先ほどの慌てぶりなど忘れて、伊織は頬を緩めた。

「何?」

「だって、ふふっ……あはは」

口から笑いが零れて伊織は再び手で口を押さえた。既に笑ってしまって今さらだが、あまりに笑うとまずいと思ったからだ。尊成はきっと伊織がそんなことを言い出すと想定していなかったに違いない。だから一瞬、意味を量りかねたのだろう。確かに、そんな感じのトーンの『ちゅう』だった。

伊織は笑いを噛み殺す。そうして少し落ち着いてから、「ごめん」と謝った。

「いいよ」

笑われて少なからず気分を害したかも、と思った伊織は尊成の言葉にほっとする。

そうしてからふと、ん？と思った。

何かが、おかしいような。

「え？」

「いや、キスのことだろ。いいよ。別に構わない」

「え⁉」

（そっち⁉）

伊織は呆然と瞳を瞬いた。

「お邪魔します……」

カレーの皿を水に浸けるためにキッチンに行っていた伊織は、リビングに戻ってくると、尊成が座るソファにおずおずと腰を下ろした。

提案したつもりではなかったが、まさかの『ちゅう』が採用されてしまった。

ダイニングテーブルに向かい合ったままでは、ということで、食器を片付けてなんとなくソファに移動することになったのだ。

「もう少しこっちに」

　まさかの展開に、伊織の心臓は今にも暴れ出しそうになっていた。うるさいぐらいバクバクしている。伊織はぎこちなく頷くと、腰を浮かして尊成との距離を詰めた。その光景を黙って見ていた尊成の手が上がる。背中を通って肩に触れた。男の人の大きな手の感触に伊織の身体が小さく跳ねる。

（わ、わわ……）

　抱き寄せられるような感覚。身体の向きが正面から尊成の方へと変わる。視線を上げると、尊成の顔が近くに迫っていた。

（もう⁉　近っ、ひええ、本当に）

　尊成とキスをするのか。整った顔が近づいてくる。冗談でもなんでもない至って真面目な表情だった。その顔にまたドキドキしてしまう。

　まつ毛が長い。すっと線の入る二重がきれいだ。閉じられている唇は、形はいいがやや薄めで、本当にこれが自分のもの、と思うと頭の中が爆発しそうになった。

　顔の温度がどんどん熱くなって、やかんだったらぴゅーと音でも出してしまっていたと思う。その間にも距離がみるみる縮まる。伊織は何もできないまま、その顔を、息を呑《の》んで見つめて――。

「待って！」

あと十センチほど、というところで伊織の意思とは関係なく勝手に手が動いた。押し返すように胸を押すと、尊成が少し離れる。その隙に伊織は隠すように自分の顔を手で覆った。

「何？」

「……うう。待って……待って。恥ずかしすぎる。こんなの無理。心臓がもたない。死にそう」

「案外、してみればどうということもないと思うが」

冷静な声に伊織はふるふると首を振った。

「慣れている人はそうかもしれないけど、初心者にはハードルが高いの」

初心者、と小さく呟く声が聞こえた。しまった、と思ったが、もう今さらだとすぐに開き直る。どうせバレる。だったら早めに言った方がそのあたりへの配慮が望めるかもしれない。

伊織は落ち着かせるようにふーっと息を吐くと、そっと手を顔からどけた。

「……見ない方がいいのかも。目を瞑《つむ》ってるから、もう一回お願いします」

顔を上げて目をぎゅっと瞑る。リタイアすることもちらっと頭をよぎったが、伊織はすぐにそれを打ち消していた。

ここまできたら初めては、尊成がいい。

自分がそんな乙女チックな考えを持つなんて驚きだが、素直にそう思ったのだ。

尊成は一見すると、絶対に人に心を許しそうにない冷たい雰囲気を纏っているが、実際はそれとは違うことがわかってしまった。むしろ、一緒にいると、なんでも受け止めてくれそうな安心感を抱いてしまうのだ。反応は確かに薄い。けれど尊成は決して嫌な顔をしたり、伊織を否定したりしないからかもしれない。

しんと沈黙が二人の間に落ちる。尊成はまたあの観察するような目で伊織を見ているかもしれない。もしかしたら面食らっているのかも。けれどここで目を開いたらまたもだもだしてしまいそうで、伊織は恥ずかしさを堪えながら目を瞑ったままの体勢で尊成が動き出すのを待った。

すると、何か温かいものがフェイスラインのあたりに触れた。それが伊織の顔を上に向かせるように顎を持ち上げる。尊成の指だ。その察しがついた伊織の鼓動が速まる。

(……来る)

まるで全身が心臓みたいに大きな音で脈打っている。今くるか、もうくるか。伊織は今すぐにでも目を開いてしまいたい衝動を堪えながら、ぎゅっと瞼を閉じたままでそのときを待った。否が応にも唇に神経がいってしまう。

（ああもうっ、ぱっとやっちゃってよ！　心臓がもたない、こんなのやっぱり）

無理、と衝動に負けて目を開こうとした、そのときだった。

ふにゅ、と温かいものが唇に重なった。驚いて伊織の肩が軽く跳ねる。

（わ、柔らか……）

初めての感触に、ごちゃごちゃ考えていたことが一瞬で飛んで頭が真っ白になる。

それは想像以上の柔らかさだった。

（これが、キス……）

伊織の経験値を考慮してくれたのか、尊成のキスはとても優しかった。少しだけ強く押しつけた後、すっと離れていく。

伊織はゆっくりと目を開けた。

「そんなにどうということもなかっただろ」

尊成の顔はまだすぐ近くにあった。

キスする前と憎らしいほど何も変化のない顔を軽く睨みながら首を振る。きっと顔は赤いままだろう。しかしそれを取り繕う余裕はなかった。

「そんなことない……けど」

「そうか」

その言葉とともに、肩にのせられた手にぐっと力が入った。さらに抱き寄せられて伊織の身体は尊成の方へと傾く。以前も感じたことのあるシトラスの香りがふわっと尊成から香った。

もう一方の手が頬を撫でた。身体がより密着したことによって、また心拍数が上がった伊織の目が泳ぐ。

「な、何?」

「歩み寄りはこれで終わりじゃないだろ」

「まあ……ん」

二回目のキスは準備をする間もなかった。顔を覗き込むように首を傾けた尊成が一瞬にして伊織の唇を奪う。伊織は驚いたが、拒否する理由もないので特に抵抗はせずに受け入れた。それは一回目よりも長いものだった。

軽く触れ合わせるように押しつけられた後、角度と場所を変えて何度も離れては触れ、が繰り返される。

(わ……何これ)

それがあんまりにも優しくて丁寧なものだから、最初はがちがちに強張っていた伊織の身体が次第にふんにゃりと力を失っていく。だんだんと思考が奪われていくのがわかったけれど、その優しい感触に抗うだけの力は伊織にはなかった。尊成にされるがままの状態になる。

これがキスというものか。あんなに恥ずかしがって大騒ぎしたくせに、二回目にして慣らされたのか、羞恥心が消えると、伊織は妙な感動を覚えた。

ただ唇と唇を合わせているだけなのに、ドキドキして身体が熱くて。どろりと溶けてしまいそう。だってすごく気持ちがいいのだ。

気づけば伊織は身体をすっかり尊成に委ねていた。すると、ぬるりとした感触が唇に触れた。伊織の唇は力が抜けて既にうっすら開いていたので、ごく自然にそれが口の中に入り込んでくる。

(これは……もしや)

ぼうっとした頭で考える。もしかしなくても、その正体は一つしかない。伊織は処女だし、男性と付き合ったこともないが、キスもそれ以上の行為も一応の知識はあった。どんなことをするかは知っている。

これは舌だ。これはいわゆるディープキスだ。

まさかここまでするとは。衝撃を受けた伊織は思わず目を開けてしまった。すると、当たり前だが、どアップで尊成の顔を見てしまう。目を閉じている表情なんて今まで見たことがなくて、しかもキスの最中だからか妙に切なげに見えて、伊織は慌ててまた目を閉じた。こんなの心臓に悪すぎる。

その間にも舌の侵入は止まらない。歯列を割って口腔内《こうくうない》に入り込んでくる。初めてのディープキスに動揺して縮こまっている伊織の舌を見つけ出して、宥《なだ》めるように触れた。初めての舌の感触はざらりとして濡《ぬ》れていて、でも柔らかかった。

（ひえええ。展開が早いっ）

もう歩み寄りどころの話ではない。自分でも驚くことに嫌だとかそういう気持ちは全くなかったが、気持ちの準備というものがある。

だからどうしていいのかわからなくなった。止めるべきかこのまま続けるべきか。迷いを反映した手が意味もなくソワソワと動く。けれど伊織の身体はいつの間にかしっかりと尊成の腕の中に入っていて、気づけばもう逃げられないような状態になっていた。

「鼻で息をして」と囁いた尊成が頭を固定するようにしっかりと体勢を固めて、舌を絡ませた。痺れるような感覚が背筋から這《は》い上がった。

「……は」

そこから尊成はキスに長い時間をかけた。散々口腔内を這い回った舌が引っ込められたとき、伊織は軽くぐったりとしてしまっていた。

最初は戸惑っていた伊織も舌を絡ませられた結果、どこかで火が点いてしまったのか、気づいたときには応えるように自らも舌を動かしていた。最終的にはせがむように尊成の首に手を回してしがみついていたような気がする。未だ尊成の腕の中にいる状態で、伊織は余韻を引きずったまま、ぼんやりと目を瞬いた。

「……どうした？」

伊織があまりにぼうっとしていたせいか、尊成が顔を覗き込みながら様子を窺ってくる。伊織は視線だけ動かして尊成を見た。

「どうした、じゃないでしょ……やりすぎ、だと思います……」

伊織は上目遣いで見つめたままぼそっと呟いた。

この男はこんな涼しい顔をして。

尊成は普段から全く性的なものを感じさせないタイプではあった。性欲なんてものは存在しなさそうで。キスもセックスも全く興味ありません、みたいな顔をしていたのに、こんなに濃厚なキスをしてくるなんて完全に想定外だ。

それに、最終的には夢中で応えてしまっていた自分も。

「悪い」

尊成がふっと笑った。

（……私、この人がこうやって笑う顔、たぶん好き）

だってすぐに許したくなってしまう。伊織は、照れくさい気持ちを隠すようにふいっと視線を逸らした。

（しかし、すごかったなあ）

照れくさい気持ちのまま『シャワーを浴びてくる』と、そそくさと自室に戻った伊織は宣言通りにお風呂に入り、ドライヤーで髪を乾かしていた。

時間をかけて入浴したおかげで身体はさっぱりしたが、気を抜くとすぐに先ほどのキスを思い出してしまう。尊成の柔らかい唇の感触とか、絡まった舌の動きとか、抱きしめられた腕の強さとか、Tシャツ越しの温もりとか、かすかに汗の匂いと混じったシトラスの香りとか。

何度もフラッシュバックしては伊織の鼓動を速くさせる。また反芻《はんすう》していたことに気づいた伊織は、それを振り払うかのようにドライヤーの風量を上げた。

（どうしよう、頭から離れない……絶対刺激が強すぎた）

ある程度乾いたところでスイッチを切った。パウダールームを出て寝室に戻る。

すると、まるでタイミングを計ったかのように、コンコンと扉がノックされた。

不意打ちの音にびくっと身体が揺れる。伊織は扉を凝視した。

（な、何……？）

この家にいるのは二人だけなのだから、ノックは尊成だろう。何か用事だろうか。

伊織は慌てて、ベッドの上に置かれたままだったパーカーを上から羽織った。それから足早に扉に向かった。

「どうしたの……？」

扉を開けると、そこにいたのは案の定、尊成だった。伊織は怪訝な表情を隠さずに尊成を見る。格好は先ほどと変わっていないように見えたが、普段は横に流れている前髪が額にかかっていたので、もしかすると尊成もシャワーを浴びたのかもしれない。

そうしていると、年齢よりも若く見えた。

「少し考えてみた」

「え？」

前置きもなく淡々としたトーンで尊成が切り出す。

尊成が伊織の部屋に来るのは初めてのことだった。わざわざ来てまで話すなんてなんの用なんだろうと、伊織は面食らいながらも、落ち着かない気分で続きを待った。

「歩み寄りのことだ。最近は少し落ち着いたが、俺の帰宅は基本的には遅い。そこまで一緒にいる時間は持てないと思う」

「うん」

頷きながらそれはそうだろうと伊織は思った。伊織は別に仕事の時間を削ってまで歩み寄りをしてほしいと言った訳ではない。さっきのキスだって完全に想定外なのだ。ただ、もう少しだけお互いを気にかけてみようとか、そんな程度の、思いつきのような提案だった。

「だから寝室を一緒にしたらどうかと思っている」

「うん……え？」

「そうすれば、顔を見る時間は単純に増える」

「あ……うん、ま、まあ……それは……そうだけど」

(待って待って。寝室!?)

またしても予想外の展開。伊織は相槌を打ちながらも動揺を隠せなかった。

(いや、寝室って一緒に寝るってことだよね!? そんなさらっと言うこと!?)

じっとこちらを見てくる尊成は眉一つ動かしておらず、『一緒にテレビを観よう』ぐらいのテンションだ。

あまりにも普通に言われたものだから、その雰囲気に呑まれて大騒ぎできなかったが、もっと驚いてみせてもいいことだったようにも思う。完全にリアクションを取り損ねた伊織は忙しなく瞬きを繰り返しながら必死に頭を働かせた。

(これってどういう意味？　え、そういうお誘いってことなのかな？　それとも言葉通りの意味？)

なんと返事したらいいのか。伊織は軽くパニックに陥った。あんな濃厚なキスまでしてしまって、その先、となるのはもしかすると自然な流れなのかもしれない。なんといっても二人は夫婦だ。夫婦がセックスするのはおかしいことではなく、むしろ普通のことだろう。

けれど、伊織たちは普通の夫婦ではない。それに、今までの言動から考えて、尊成はなんでもストレートに言ってくるタイプのように思えた。それにしては、何か誘い方が回りくどいような。

「嫌なら無理にとは言わない」

あまりに逡巡している様子を見かねたのか、尊成が発した言葉に反応して伊織は顔を上げる。

「い、嫌じゃない」

咄嗟に口から出てしまった言葉に伊織はまた動揺する。

嫌じゃない。本当だ。けれどだからといってそれがイコールで『いいよ』になるかはまた別の話で――。

けれど、尊成はそんな複雑な伊織の心境までは、当然ながら思い当たらない。

「わかった。じゃあ行こう」

「……行こう？」

「俺の部屋にあるベッドの方が少し大きいと思う。一緒に寝るならこっちの方がいい」

「……ああ」

開いた扉からちらりとベッドの方を見た尊成に向かって、納得したように頷いてから伊織ははっとした。

（違う違う！　なんか納得したみたいになっちゃってるから！）

「そのままで大丈夫か？　何か持っていく必要は？」

「え!?　えーっと」

（というか、今⁉　今日からの話⁉）

まずいまずい。もう完全にその流れだ。態度を決めかねたまま、どんどん進んでいく話に伊織はしどろもどろになって視線を彷徨わせた。

でもなぜかＮＯと言うことができない。断ったらせっかく縮まっているように感じる二人の距離がまた離れてしまうように思った。それが、嫌だった。

「まくら……」

一瞬のうちにいろいろな考えが頭の中を駆け巡って、結果、伊織の口から出たのはそんな言葉だった。つまり、悩んでみたものの、『嫌じゃない』は結局は『いいよ』とイコールだ、という結論に至ったのだ。

伊織は「ちょっと待ってて」と言って部屋に戻り、枕を手に持って尊成の元に戻る。そして電気を消して部屋から出た。

「あ……歯磨き」

「洗面所に歯ブラシのストックがあるから使っていい」

伊織はまず手に持っていた枕をベッドに置いた。尊成の部屋は伊織の部屋と全く同じ広さだった。けれど置いてある家具は伊織よりも少なく、ベッドとパソコンデスク、椅子ぐらいだった。その分なのか、ベッドは確かに伊織の部屋のものよりも大きい。おそらくダブルかクイーンサイズだろう。

尊成に促されるようにしてパウダールームに入る。そこも伊織の部屋と全く同じ造りだった。尊成が出してくれた歯ブラシを受け取って素直に歯を磨く。

なぜかやたらと丁寧に磨いている自分がいた。終わると口をゆすいで、伊織はパウダールームを出る。

尊成は既にベッドの上にいた。膝の上にパソコンを置いてカタカタと何かを打っている。実は目が悪かったのか、眼鏡をかけていて、思わずじっと見てしまう。

「終わった？　じゃあこっち」

伊織に気づいた尊成が自分の横を指し示すようにぽんとベッドを叩く。その仕草に今まで抑えていたものが溢《あふ》れるように心臓が強く脈打った。

気づかれないように細く長く息を吐く。踏み出した足は少し震えていた。

「お邪魔します……」

ベッドを回り込むように歩いて、尊成がいる位置とは反対側から上がる。その辺に適当に置いたはずの枕はなぜか尊成の隣に移動していた。尊成がしてくれたのかなと思いつつ、伊織は薄手の掛け布団をめくってぎこちなくその間に身体を滑り込ませる。

（これはすっごい緊張する……）

ドクドクドクドクと心臓の音がめちゃくちゃ速い。伊織は自身を落ち着かせるように一旦天井をじっと見つめた後、意を決しておもむろに尊成の方へ顔を向けた。

「悪い。すぐ終わるから」

視線に気づいたのか、尊成がちらりとこちらを見た。が、すぐに画面に視線を戻してまたカタカタとキーボードを叩く。

「いや、あの、お気になさらず……」

普通に答えたつもりが、その声は普段から比べるとだいぶ小さなものだった。

（すぐ終わるからってどういう意味だろ？　終わるから待っててってこと？　待ってて……その後は？）

やっぱりこれからセックスをするのだろうか。伊織は尊成の横顔を見上げた。

（眼鏡……意外に似合ってるな）

元々シャープな顔立ちだが、それがより際立つというか。知的さがプラスされるからだろうか。少し眉を寄せ真剣な表情でパソコンの画面を見つめている横顔はひどく格好よく見えた。

（本当にこんな人と私が？）

別に伊織としなくても相手は選び放題だろう。最初に話した『お互い干渉しない』という取り決めが有効であれば、別に他でセックスをしたとしても伊織に責められるいわれもない。

そう考えれば急に、今考えていることは取り越し苦労のような気がしてきた。やっぱり言葉の通りの意味だったのかもしれない。

そこで伊織はあることに気づく。そういえば自分は、バツイチなのに処女となるのが嫌で尊成とセックスをすることを望んでいたのではなかったのか。ではセックスしてもらえた方がいいんじゃないか、と考えて、何かが違う、と伊織はまた思った。

(離婚前提で考えているから処女をなくしたかっただけなんだよね。でも今はちょっと状況が違わない？　だって、だってだよ？　この状況でもしたら、離婚とか考えられなくなっちゃうんじゃ……？)

歩み寄りを提案すること、それ自体がもう離婚前提でなくなっているのではないか。

(私って結局、一体どうしたいんだ……)

考えすぎたのだろうか。それともこれは現実逃避なのか。伊織は自分の気持ちがよくわからなくなってきていた。思った以上に思考が深くなって疲れたのか、それとも煮詰まって考えることが嫌になったのか、そこで伊織は急に頭の回転が鈍くなっていくのを感じた。

暖かい布団の中にいるせいなのか、身体が弛緩《しかん》し、だんだんと力が抜けていく。妙に瞼が重たくなっていく。

そのまま伊織はゆっくりと微睡《まどろみ》の中に引きずり込まれた。

(……なんかすごくあったかい)

伊織は夢の中にいた。その中で伊織はとてもいい心地だった。すごく安心する温かさ。これは一体なんだろう。ずっとこの中にいたいような、何もかも委ねられるような、そんな素晴らしいものに包まれている感覚。

(ずっとこうしていたいなあ)

夢うつつで寝返りを打った。浮上しかけていた意識が眠りの方に引っ張られてまたずぶずぶと沈み込む。

次に目が覚めたとき、伊織は今までになく、爽快な気分で目を開いた。

「よく寝た……」

ここ最近では珍しいほど寝起きがよくて思わず呟いてしまう。

「それはよかったな」

「え？」

誰に向けた訳でもない独り言に返事が来て、驚いた伊織は横になったままであたりをきょろきょろと見回した。すると、クローゼットの前で今まさにネクタイを締めようとしている尊成の姿が視界に入った。

その瞬間、昨夜の出来事が怒涛《どとう》のように脳裏に甦って伊織は愕然とした。

（……もしかして、私あのまま寝ちゃった!?）

うわ、やっちゃったと伊織は頭を抱えたくなる。もしかしなくても昨夜は大事な日だったのではないだろうか。

そろそろと上半身を起こしてみる。しかしそこからなんと言っていいのかわからず、所在なさげに視線を彷徨わせた。

ネクタイを締め終わった尊成はスーツの上着を羽織った。椅子の上に置いてある革の鞄《かばん》を手に取る。

「行ってくる」

「えっもう？　ご飯は？」

「朝はいつも家では食べない」

先に寝たくせにのんびり起きて、ご飯の用意もしなかった。尊成は別に伊織に朝食の用意をしてもらうことは期待していないだろうが、なんだかものすごい怠け者になったような気分になってなんとなく、ばつが悪くなってしまう。

するとなぜか尊成がこちらに近づいてきた。ベッドに手をついて身を屈める。ぎしりと音が鳴った。

どうしたんだろう、と怪訝な表情で伊織はそれを見守った。ベッドに座る伊織に覆いかぶさるように顔が近づいてくる。

（え？　これって——）

なんでもないような顔をして尊成は唇を伊織のものに軽く押しつけた。柔らかい感触が唇に落ちる。

そして、軽く口角を上げるとすっと離れて何も言わずに部屋から出ていった。

後に残された伊織は真っ赤な顔で尊成が出ていった扉を見つめる。呆気に取られすぎて、しばらくベッドから動けなかった。

第五章

「まだ寝てなかったのか」

「うん。もうちょっと」

髪の毛をタオルで拭きながらパウダールームから出てきた尊成が発した言葉に、伊織はベッドの上でスマホを操作しながら答えた。

一緒に寝るようになってから三週間。伊織たちは一日も欠かさずベッドをともにしている。初めて一緒に寝た日の翌日は、今後はどうすればいいのかと、尊成の部屋に行くか行かないか相当に迷った伊織だったが、リビングでウダウダしていたら尊成が帰ってきて、ごく当たり前のように一緒に寝る流れになってしまった。

それからは寝るときに尊成の部屋に行くのが普通のことになっている。尊成が遅くなるときは連絡を入れてくれるので伊織が先に寝てしまうこともあるが、それでも寝るときは尊成のベッドで寝ている。そのときは、朝起きたらいつの間にか尊成が横にいる、という状態になっている。

「髪、乾かしてくる」

そう言って尊成がパウダールームに消えたのを目で追ってから、伊織はまたスマホの画面に視線を戻した。料理教室で知り合った仲間たちとグループチャットでトーク中なのだ。今度、メンバーの一人の家で料理を持ち寄ってホームパーティーをしようという計画が持ち上がっていて、その話でチャット内は盛り上がっていた。

【いいなあ、行きたいけどバイトがあるからまた今度！】

決まりかけた日程では参加が叶《かな》わず、伊織はそうメッセージを打つと、最後に悲しい顔のスタンプを打って画面をオフにした。

枕元にスマホを置いてごろんと寝転ぶ。しばらくぼうっとしていると、視界に尊成が現れた。

「もういいか？」

「うん」

電気を消した尊成が伊織の隣に来る。当たり前のように伊織の身体に手を回すと、自分の腕の中に引き入れた。

「おやすみ」

こめかみのあたりに柔らかい感触が落ちて、それが合図だったかのように伊織も「おやすみなさい」と返して、瞼を閉じた。

（今日も何もなしか……）

もうほぼ習慣のようになっている軽い落胆のような感情を抱えながら、身体の力を抜いた。今日は一日アルバイトで接客をしていて疲れていた伊織は、すっかり慣れ親しんだ温もりに包まれながら徐々に微睡の中に落ちていく。

伊織たちは毎日一緒に寝ているが、まだ一度もセックスには至っていなかった。

最初の一週間はいつ来るかもう来るかで毎日ベッドの上でドキドキしながら、尊成の動き一つ一つにいちいち反応していた。

二日目の夜、尊成がベッドの上で伊織を抱きしめたときにはそれはもう心臓が爆発するかと思ったぐらいだった。ついにこのときが来たのかとがちがちに身体を強張らせて身構えていたのだが、待てど暮らせど尊成はそれ以上動かない。そうこうしているうちに眠くなって気づいたら寝ていた。それを数日繰り返した。

そうして一週間が過ぎ、二週間が過ぎて、さすがに伊織も気づいた。尊成にはセックスをするつもりがないということを。

それで、伊織は尊成のことがよくわからなくなった。寝室を一緒にしようと言ったのは、本当に、二人の時間を持つためだけだったのか。

二人の時間を少しでも持つことで、よりお互いのことを知ろうという意図からのもので、他にはなんの目的もなかったのか。

（だとしたら、あのキスはなんだった？）

あんなディープキスをしておいて。あのときはこちらが引くぐらいグイグイきたのに、まるでそんなことはなかったかのような態度だ。

実はあれからもキスは何度もされている。けれど、唇だったり頬だったり額だったり場所はあちこちだが、どれも軽いものだ。あのときの舌を絡ませるようなキスには発展しない。

けれど寝るときはものすごく距離が近い。身体に腕を回してきたり、腕枕をしてきたり、伊織を引き寄せたり。ときには手が胸に当たっていたり、際どい接触だってあるはずなのだが、それ以上は何もされない。

（何、考えてるんだろ）

尊成の考えていることがさっぱりわからない。確かに寝室をともにしたことで歩み寄りの成果は十分出ているだろう。早く帰ってくるときや時間がある朝は伊織がご飯を作って一緒に食べたりもしているし、最近は本当に夫婦みたいな生活になっている。

そんなに過ごす時間は長くないが、伊織は尊成のいろいろな顔を見た。寝ている顔、起きたばかりの眠そうな顔、苦手なものを食べたときの顔、仕事の電話をしていると

き の顔、柔らかく笑う顔。

尊成は感情が表情にあまり出ないタイプだが、それでも一つ一つの顔はやっぱり違う。伊織は最近、ちょっとした違いだってわかるようになってきてしまった。

尊成だって伊織のいろいろな顔を見ただろう。二人の間の空気はかなり気安いものになってきている。お互いに慣れて、心を許してきている。そんな雰囲気だ。

伊織は尊成の体温に包まれて寝るのが好きだ。硬くていかにも男性的なその感触にはドキドキもするが、一方でものすごく安心もする。初めて一緒に寝た日、寝心地がよかったのはそのせいだったのだ。人肌の温もりというのが、こんなにも安らぎをくれるものだなんて知らなかった。

けれど、誰の温もりでもそうなのかといえば、それは違うだろう。

尊成だからなのだ。

それにうっすらとは気づいていたが、はっきりと認めたくはなかった。尊成が何を考えているのかわからないのに、自分の気持ちを自覚してしまうのが怖かったのだ。

伊織は夢うつつの中でも悶々とした気持ちから抜け出せなかった。

「え。まだしてないの」

「言い方。まだとか言わないでよ。真剣に悩んでるんだから」

伊織は紫苑のマンションにいた。フェリーチェが休みで家にいたら紫苑から連絡が来たのだ。

最近、紫苑は撮影が忙しくてあまり会えていなかったから、ゆっくり話すのは久しぶりだった。でも尊成のことはちょこちょこ報告していて、一緒に寝るようになったことももちろん話していた。そのことについて紫苑の意見も聞いてみたかったので、連絡が来て伊織はいそいそと呼び出しに応じたのだ。

「旦那さんは何歳だっけ？」

「……三十二歳だったかな」

「じゃあもうそんなにやりたい年頃でもないし。そこまで性欲もないんじゃない」

訳知り顔で頷いた紫苑に伊織は首を傾けてみせる。

「そうなの？　じゃあそれがしない理由？」

「いやあ、わからん」

「えーっ、私よりは男心がわかるんだから推理してよ」

「いやいや、私だってイケメンで大モテのエリート御曹司の心理を読み解くのは難易度高いわ」

「そんなあ、頼みの綱だったのに」

伊織ががっくりと肩を落とすと、気の毒に思ったのか、紫苑が顎に手を当てて考えるような仕草を見せた。

「まあでも、女には困らずに生きてきただろうし、エッチなんてしなくても、みたいなところまできたのかもね。ほら、抱き合って寝てればもう満足、みたいな。悟りの境地？」

「えっ、悟り？」

伊織は驚いたような声を出した。それからうーんと唸《うな》る。

「私、未経験なんですけど……。それってもう一生そんな気にならない？」

「どうだろ。何かの拍子にむらっとくることはあるんじゃない。ほら、仕事が忙しくて疲れてその気にならないってこともあるかもだし。だから元気なときとか……」

それを聞いた伊織は難しい顔になる。首を捻っていると、紫苑が励ますような声を出した。

「そんなに悩むんだったらさ、もう聞いてみれば？　ズバリとさ。毎日一緒に寝てるのになんでエッチしないの？とか」

「ええー……さすがに無理だよ」

「伊織はたまに考えてること口に出てるときあるじゃん。そんな感じで」

「うっかり口から出ちゃうのはもう仕方ないけどさ、意識的には無理」

「ま、確かに聞きづらい話題ではあるよね。でも聞いた感じ相手も伊織のこと好きっぽいし、思い当たる理由でいったらそれぐらいかなあ……」

紫苑の『相手も好きっぽいし』に反応した伊織はちらりと視線を向けた。

「そう思う？」

「何が？」

「その、相手も好きっぽいって」

「うん、思うよ。嫌いな相手を毎日抱きしめて寝たりはしないでしょ。それがどういうベクトルのものかは知らんけどさ」

そこで、一度区切ってから「それにさ」と紫苑はまた口を開いた。

「伊織も、好きになっちゃってるよね」

ズバリ言われて伊織はかっと顔が熱くなるのを感じた。

――そうなのだ。

ここまできたらもはや言わずもがなだろう。どうでもいい相手にここまで悩んだりはしない。むしろ、迫ってきたら拒否したくなる。セックスもしたくないし、相手が何もしてこないのはこれ幸いだろう。

「……そうだね。そう、なんだと思う……」

紫苑に嘘をついても仕方がない。伊織は素直に認めた。

「やっぱり。だよね。最初は印象最悪だったのに実は優しいとか、まあ好きになるわな。しかもイケメンだし」

腕組みをしてうんうんと同調するように紫苑が頷いた。それから不思議そうに首を捻った。

「でもいくら悟りの境地を開いてても、嫌いじゃない相手と毎日一緒に寝てたら少しぐらいはむらっとくるときがあってもいいと思うけどね。実は我慢してんじゃないの？　何かおかしいなって思ったときとかないの？　反応してそうだなとか」

「……反応？」

訝しげな表情の伊織に紫苑は意味ありげな視線を向けた。

「ほら、そういう気分になると男は身体の一部が反応するでしょ」

「……ああ。って、そんなの私がわかる訳ないじゃんっ」

「まあ、そうだよね。でもこうぴったりと密着してる訳でしょ。そしたらさりげなく自分の身体を当てて確かめるって手も……」

ソファに座っていた紫苑はごろんと横になると、手近にあった横長のクッションを隣に置いてそれにさらにグイッと自分の身体を近づけてみせた。ショートパンツから覗く白くてすらりとした脚がクッションを挟み込む。

「いやいや。初心者にすごいこと言うね⁉ というかそんなにはっきりわかるもの⁉」

「うーん……サイズ感にもよるかもね」

「……それ以上はやめといて」

伊織はこめかみを押さえてため息をついた。刺激が強すぎる。それにそんなことを聞いてしまったら、今日また一緒に寝るときに嫌でも気になってしまうではないか。

紫苑は悪ノリしてしまったことを自覚していたのか、クッションを離すと起き上がってわざとらしくコミカルな表情を作って笑った。元の顔立ちが整っているので、どんな表情をしてもきれいなのだから恨めしい。

伊織は悪戯《いたずら》をした子どもを見るように紫苑を軽く睨む。それから逡巡するように視線を上に向けてから、躊躇いがちに口を開いた。

「あのさあ、我慢も何も、悟りの境地以前に私だとその気にならないってパターンもあると思う？」

「え?」

「いや、私、色気とかあんまないじゃん。胸も小さいし……。その、人としての好意はあるけど、実際どうかとなったらやっぱり女として見られなかった……とか」

「ああ……」

その考えはここ最近、頭の中でちらついていたことだった。女として見られない、みたいに思っていたらどうしよう。こいつじゃその気にならないとか。けれど、今までの流れから考えると、その可能性が意外にあるような気がして恐ろしかった。

「いや、そこで黙らないでよ。傷つくじゃん」

紫苑の視線が胸元に注がれている。伊織はその視線を遮るようにぱっと腕をクロスさせて胸元を隠した。


「そろそろ着くぞ」

外界から隔絶されたように静かな車内は物思いに浸るには最適だった。窓の外をぼうっと見ていた伊織は横からかけられた言葉に、我に返ったように声の方を向いた。

「どうした? 気分が悪い?」

尊成が気遣うような視線をこちらに向けていた。伊織は慌てて安心させるように笑みを浮かべる。

「大丈夫。ちょっとぼうっとしてただけ」

正面を向くと、いつの間にか目的地のホテルがもう間近だった。緩やかに減速して車はホテルの車寄せに進入していく。

今日はこのホテルで行われるパーティーに尊成と出席の予定だった。前回と同じように、仕事を終えた尊成が迎えに来てくれて車で向かっているところだった。

車を降りて二人連れ立ってホテルに入り、エレベーターで会場になっている大広間へと向かう。受付を済ませると中に入った。

今日のパーティーはとある会社の創立五十周年を祝うものである。会場内をぱっと見たところ、出席者の年齢層が高そうで伊織は人知れず安心感を覚えた。

前回のパーティーで会ってしまった彼女たちは出席していなさそうだ。尊成があそこまではっきりした態度を取った以上、たとえまた顔を合わせたとしても、尊成がいればもう何も言ってはこられないだろうが、できればこれ以上会いたくはなかった。

尊成はさりげなく伊織の腰に手を回すと、エスコートしながら入口付近に置いてあるウエルカムドリンクを取った。それを自然な仕草で伊織に渡してくる。

「ありがとう」

微笑んで伊織はそれを受け取った。アルコールはあまり得意ではないが、一、二杯程度までだったら許容範囲のはずだ。口をつけるとシュワシュワと炭酸が喉に沁《し》みてとても爽やかな気分になったが、アルコールがやや強めで頬が少し熱くなった。お酒に弱い伊織にとってはシャンパンは酔いやすい。伊織が続けて飲むのをやめると、隣から伸びてきた手が伊織のグラスを取った。尊成はそれを自身の口に運んだ。

「無理して飲まなくてもいい。後で別のものを取ってこよう」

ちょうどやってきたウエイターに空いたグラスを預けながら尊成が耳元で囁く。顔が近くに来て若干鼓動が速まったが、伊織はそれを表情には出さずに、取り澄ました表情のまま控えめに頷いた。最近は尊成の前では割と好き勝手に振る舞ってはいるが、こういう場では上品で如才のない立ち振る舞いが自分に求められていることはさすがに理解している。伊織はモードを切り替えていた。

「斉賀さん」

そこで年配の男性が横から話しかけてきた。気づいた尊成が愛想のいい笑みを浮かべる。

「お久しぶりです。こちらに戻ってきていたんですね」

「一ヵ月ほど前に帰国したんですが、少しバタバタしてましてね。ご挨拶が遅れまして。斉賀さんはなんでも結婚されたとか」

「ええ。妻の伊織です」

「初めまして」

落ち着いた笑みを浮かべながら挨拶をすると、尊成が相手を紹介してくれる。それから相手と少し言葉を交わし、あとは二人の会話に控えめに相槌を打ちながらただ時間を過ごした。その後も人を変えて同じようなことを何度か繰り返す。

やがて開会の挨拶が始まり、それが終わればまた何人かと会話を交わし、そのうち主催者への挨拶も済ませると、パーティーに出席した目的の大半はクリアした状態となった。人が途切れたタイミングで尊成が耳打ちしてくる。

「そろそろ切り上げるか」

「ええ」

伊織は素直に頷いた。会場内にはまだ多くの人が残っているが、尊成がそう判断したのなら長居をする必要もないだろう。

「篠宮さん？」

そのとき、伊織に横から声をかけた人物がいた。見れば細面の上品な雰囲気を纏った同年代ぐらいの女性が立っている。艶やかな黒髪をきっちりとアップにし、クリーム色の落ち着いたワンピースドレスを着ていた。

伊織はその顔にものすごく見覚えがあった。

「さ……高塚《たかつか》さん？」

「ええ、そう。お久しぶりね」

高塚はおっとりとした笑みを浮かべると、隣に立つ尊成にちらりと視線を向けた。

「あらごめんなさい。そういえば結婚なさったのでしたわね」

伊織は取り繕うようににこりと笑った。

「そうなんです。夫の……」

「斉賀です。初めまして」

伊織が視線を向けると、尊成は名刺入れを取り出して、名刺を一枚高塚へ渡した。

丁寧な仕草で高塚がそれを受け取る。

「ありがとうございます。ごめんなさい。私は名刺を持ってなくて……高塚桜子《さくらこ》と申します」

「大学時代の友人なの。高塚さんのお父様は高塚総合病院の院長でいらっしゃって、ご主人が副院長でしたわよね」

「ええ」

「そうなんですか。何回か見舞いで伺ったことがあります」

「あら、そうでしたか。何かあったらいつでもいらしてください。と言っても、何かなんてない方がいいですわよね。でも、健康診断や人間ドックもやってますので、もしよかったら」

高塚はさすがの貫禄《かんろく》で滑らかに喋るとにっこりと笑った。それに対し尊成はいつもの愛想のいい笑みを浮かべると「ありがとうございます」と礼を述べる。それからふと視線を上げて、何かに気づいたような顔をした。

すっと伊織に顔を近づける。

「悪い。知人と目が合った。ちょっと挨拶に行ってくる」

「え？　じゃあ私も――」

一緒に、と伊織が言う前に、尊成が次の言葉を発する。

「大丈夫だ。久しぶりに友人と会ったのだから、少しゆっくり話すといい」

抑えたトーンでそう言い、高塚に申し訳なさそうな顔を向けた。

「すみません。少し挨拶に行かなくてはいけなくて。私はこちらで失礼します」

「構いませんわ。どうぞ」

今のやり取りを高塚も聞いていたのだろう。高塚は問題ないという顔で穏やかな笑みを浮かべる。「また今度ゆっくり」という言葉を残して尊成は去り、その背中を二人で見送った。

「久しぶり。ご主人イケメンだね」

視線の先で、少し離れたところに立っていた二人の男に尊成が近づく。何やら挨拶を交わしているようだった。それを待っていたかのようなタイミングで黙っていた高塚が口を開いた。

先ほどまでの優雅な物腰はどこかに捨ててきてしまったような態度だ。しかし伊織は特に驚かず、黙って肩を竦めてみせた。

高塚が大学時代の友人というのは本当だ。大病院の一人娘の彼女は、大学卒業後に父親が見込んだ相手と結婚するのが入学した当初から決まっていた。

そこで、どうやら大学時代は悔いのないように、とことん遊んでやろうと心に決めていたらしい。その頃の彼女は、特に男性関係で派手に遊んでいて大学内でも言動が目立っていた。メイクも濃かったし、服装も攻めた感じのものが多かった。

伊織は『政略結婚をしなくてはいけない』という境遇が自分と同じだったので勝手に仲間意識みたいなものを彼女に感じていたのかもしれない。ちょっとしたことから言葉を交わすようになり、いつの間にか大学内で一緒にいるようになっていた。

お互いの家へのアリバイのために、お互いの名前をよく使い合っていた。アルバイトが遅くなるときは、家への連絡が欠かせなかった。その際、高塚の名前をよく使わせてもらっていたのだ。大病院の一人娘という肩書はそれだけで安心感をもたらす。それは高塚の方も同様だっただろう。利害関係がぴったりと一致していたのだと思う。

大学卒業後、当初決められていた通りに彼女は結婚した。そこからなんとなく疎遠となり、ここ最近はたまにメールのやり取りをしているぐらいだった。

「今日は桜子のご主人は？」

「病院が抜けられなくて来てない。今日は父と来たの。一緒にいてもつまらないから挨拶が終わったら別行動してるって訳」

「そうなんだ」

確か、彼女の夫は十以上年上だったはずだ。大学卒業後すぐに結婚したから、結婚して三年ほどは経過している計算だ。

「桜子はご主人とどう？」

「どうって？　別に。それなりにやってるけど？」

そこで桜子は何かに気づいたようににやりと笑った。

「結婚してまだそこまで経ってないんだっけ？　何、うまくいってないの？」

「……そういう訳じゃ、ないけど」

ズバリ聞かれてついつい眉が寄ってしまう。別にうまくいっていない訳ではない。でもうまくいっているかといえば、それもまた頷けるものではなかった。

尊成の態度は相変わらずだ。夜も何も変わらない。一緒のベッドで寝てはいるが、キス止まり。紫苑に反応しているか確かめろと冗談めかして言われていたが、そんなことは当然できる訳がない。とてもじゃないが勇気が出なかった。

そういう訳で伊織の悶々とした状態は続いている。その含みのある言い方に気づいたのか高塚が「なるほど」と呟いた。

「とりあえずあっちに行こうか」

周囲に人がいない方がゆっくり喋れるとでも思ったのか、人気のない壁際を指差した高塚に伊織は頷いた。そのまま先に歩き出した高塚についていく。すると彼女は途中でドリンクが置いてあるテーブルに寄って、グラスを二つ手に取った。

「はい」

そこから少し歩いたところで止まった高塚が伊織にグラスを一つ渡してくる。「ありがとう」と受け取って伊織はそれをじっと見つめた。

（お酒かな……？　まあいいか）

「んで？　何かうまくいってないの？」

話しかけられてグラスから視線を上げる。高塚が興味津々《しんしん》な顔で見ていた。

「だから、うまくいってないって訳じゃないんだけど」

伊織は不満そうに口を尖《とが》らせた。それから一度口を閉じて迷うように視線を左右に動かしてから、躊躇いがちに口を開いた。

「いまいち何を考えているかわからないっていうか……」

「なるほど。見たところ年上だよね。うちは十歳離れてるんだけどさ、やっぱりそうなると一枚も二枚も上手なのよ。駆け引きとかしても無駄だと思うよ。そういうときに相手の本音を知りたくなったらどうしたらいいと思う？」

突然振られて伊織は戸惑ったように瞳を瞬いた。眉を寄せて首を捻る。

「ええ……なんだろ。わかんない」

そこで高塚は意味ありげに笑った。

「素直に聞く。これに限る」

「えっ」

高塚は自信たっぷりに言い切ったが、伊織は拍子抜けしたような顔になってぽかんと口を開けた。

「意外に正面突破が効くのよ。まあ私のパターンと同じとは限らないけど、何か悩んでることがあるなら一度試しに正面から聞いてみれば？　案外あっさり解決するかも」

そう言って高塚は手に持ったグラスを口に運んで飲み物を飲んだ。大学時代は濃い化粧をしていたが、今は大人の色気のようなものが滲み出ていて、纏う貫禄も相まって言葉に妙な説得力があった。伊織は感心したように息を漏らした。

「……なるほど」

「でも、お金持ってて優秀で顔までいいときたら大変よね。本人にその気がなくても、愛人でもいいです、みたいな女が虎視眈々《こしたんたん》と隙を狙って群がってくるんだから」

そう言うと、見てみなよと言わんばかりに高塚が顎をしゃくった。その視線を追って伊織は顔の向きを変える。

伊織のこめかみがひくりと震える。そこには、尊成が立っていた。先ほどと立っている場所は変わっていない。しかし、一つ違っているのが、話している相手だった。先ほどまで話していた二人の男性はいつの間にかいなくなっており、代わってモデルのようにすらりとした、けれど出ているところはボリュームたっぷりに出ている、整った顔立ちの若い女性が寄り添うように隣に立っていたのだ。

（いつの間に⁉）

伊織は頭をがんと殴られたようなショックを受けた。結婚前、まだろくに言葉を交わしたことがない関係だったときには、そんなシーンを見てもなんとも思わなかった。けれど、自分の夫となった今では、とても心穏やかではいられなかった。

「行って威嚇してくれれば？　あんたそういうのに向いてそうな顔してるし」

「……いや、無理……」

伊織は目尻がきゅっと上がっていて猫目なので、黙っていると性格がきつそうと思われがちだ。桜子はそんな伊織の見た目を指して『威嚇』に『向いてそう』だと言ったのだろう。しかし伊織は全くそんな気分にはなれなかった。弱々しく呟くと、高塚は呆れたような声を出した。

「ええ？　意外に打たれ弱いなあ。本妻の余裕を見せつけて駆逐しないと。野放しにしてると、どんどん湧いて出てくるよ。ああいう手合いは多いんだから」

「だって、巨乳……」

「巨乳？　ああ、まあ確かに。え、そんなこと気にしてるの？」

そんなことではない。尊成の隣にいる女は胸元が開いたドレスを着ていた。遠目からでもわかるほど、胸元にはボリュームがある。絶対にがっつりと谷間ができているに違いない。

（やっぱりああいうタイプがいいのかなあ……）

美人でスタイルがよくて胸も大きい。もしかすると、そんな女性ばかりが周囲にいることで、尊成にとってはそれが普通のことになっているのでは？　常日頃からそんな女性ばかり相手にしていたら、それは伊織では物足りなく感じるかもしれない。

遠目なので細かい表情はわからないが、尊成は先ほどまでと一切変わらない対外的な顔で当たり障りなく対応しているように見えた。傍から見れば至って普通の、そつがない態度なのだと思う。しかし、改めて並んだ二人を見た伊織は現実を突きつけられたような気分になった。

伊織が横にいなければ、尊成にとってはこれが普通。つまり、女性に全く困っていないのだ。

セックスをしない原因はまだ他の可能性だってある。例えば紫苑の言った通りに、そもそも性欲があまり湧かなくなっているとか。けれど、こうやって他の女性といる尊成を目の当たりにすれば、やっぱり自分なんて、という考えがどうしても湧いて出てきてしまう。

伊織は、深々とため息をつくと、ほぼやけくそじみた行動で手に持っていたグラスを呷《あお》った。なんだかとてもやるせない気持ちになったのだ。じっとしていられなかった。

ブドウの香りがする酸味のある液体が一気に喉をかけ抜けていく。アルコールの香りが鼻から抜けて、伊織は自分が今飲んだものがワインだということに気づいた。

「……これ、ワイン？」

一拍遅れて血が上るようにかーっと顔が熱を帯びた。思わず頬を手で押さえる。アルコールが身体を駆け巡っていくような感覚。ドクドクと鼓動が速まっていく。

「そうだよ。景気づけにもう一杯飲む？　ちょっと待ってて。ついでに取ってきてあげる」

「え……」

高塚は伊織の手から空のグラスを取ると、伊織が何かを言う前にさっと踵《きびす》を返した。追いかける間もなく去っていき、グラスを手にしてすぐに戻ってきた。

「はい、次は赤ワインにしてみた」

どうぞ、とグラスを差し出してくる。わざわざ取りに行ってくれたものを突き返しもできず、伊織は顔を引きつらせつつも「ありがとう」と言ってそれを躊躇いがちに受け取った。高塚がじっと見てきたので、仕方なくそのグラスを口に運ぶ。

（……やばい、ちょっと回ってきたかも）

ごくんと口に含んだものを嚥下《えんげ》する。頭の回転が鈍くなっていくのを感じていた。急速に身体がアルコールに浸食されていく。気を抜くと身体が横に傾いていきそうになっていることに気づいたとき、伊織はこれはまずいと思った。

「ごめん、ちょっとトイレ行ってくる……」

なんとか平静を装って伊織はそれだけ告げた。

「なんか顔赤くない？　大丈夫？　酔った？」

伊織の態度にどこかおかしなものを感じたのかもしれない。高塚が訝しげな表情で伊織を見た。

「大丈夫」

「ついていこうか？」

心配顔の高塚に壊れた玩具のように「大丈夫」を繰り返すと、伊織は安心させるように笑って、足を踏ん張りながらなんとかその場を去った。

（ぐらぐらする……）

会場を出た伊織は、トイレではなくどこか座れる場所を探していた。あの場であまり大事にしたくなくて高塚に大丈夫と言ったものの、大丈夫ではない状況であることは、何よりも自分が一番わかっていた。歩くたび、足元がふわふわする。雲の上でも歩いているような感覚だった。

お酒が弱いことはわかっていたので、伊織は意識的に量を飲まないようにしていた。つまり、どのぐらい飲めば酔うのか、酔えばどうなるのかを把握していなかったのである。こんなに自分が保てなくなるなんて、完全に予想外だった。

(水……水を、飲もう)

会場に戻れば水があるのはわかっていたが、それをするのは気が引けた。人目があるところで醜態を晒すのは立場上、避けなくてはいけないということももちろんある。しかしそれよりも、酔ってしまったことを尊成に知られるのが嫌だった。

下手を踏んだことはわかっている。知られれば呆れられるかもしれない。こんな姿、とても見せられないと思った。

とりあえず水を入手し、どこかに座って一度休む。そして、少し酔いが醒めたら何食わぬ顔でしれっと会場に戻るしかない。散り散りになりそうな思考をなんとか集めて伊織は一生懸命、この事態に対する対応策を考えた。

(自販機……どこだ)

しかし、二歩、三歩歩いたところで、急に足の踏ん張りが利かなくなった。ぐらぐらと身体の揺れがひどくなる。と思った次の瞬間、かくんと膝の力が抜け、伊織の身体はぐらりとバランスを崩した。

あっと思ったがどうすることもできず、なす術《すべ》もなく身体が傾いていく。

「危ない」

そんな伊織の身体を横から支えた手があった。

「大丈夫?」

その手は伊織の身体をまっすぐに戻してくれた。落ち着いた低い声が横から聞こえて、伊織はゆっくりとそちらを見た。

「だいじょう……ぶ、です」

なんとか言葉を捻り出しながら、距離の近さに驚いた伊織は、慌ててその男性から身体を離そうとした。しかし酔いの回った身体は思った通りには動かず、ぐらっと再度バランスを崩してしまう。

「危ないよ」

それをまたその男性がしっと支えてくれた。すらりとしていて細身に見えるが、肩に回った手は大きく、力強い。伊織は至近距離で、その、どこからともなく現れて伊織を支えてくれた男性を見た。

尊成と同年代ぐらいだろうか。上等そうなスーツを着ているので、パーティーの出席者かと思われる。尊成とはまた違ったタイプだが整った顔立ちをしている男性だった。柔らかい雰囲気なので、紫苑の兄の理人と似ているかもしれない。

そんなことをぼんやりと考えて、不意に気づいた。

（なんか……見たことがあるような）

しかし、伊織が考えられたのはそこまでだった。回転の鈍くなった頭では、まともな思考はたいして続かなかった。

「気分悪い？　どこか座る？」

男性が伊織の肩を抱いたまま、きょろきょろとあたりを見回した。

「あ……へいきです」

うまく舌が回らなくてもごもごと言うと、男性が伊織の顔を覗き込んだ。

「そうかな？　一回休んだ方がよさそうだけど」

そうして、伊織の肩を抱く手に力を込めた。

「あっちに——」

「伊織」

——そのとき、男性の声を遮るように横から聞き覚えのある声がした。

「失礼。妻が迷惑を」

その声とともに、グイッと身体が引っ張られる。踏ん張りの利かない伊織は引かれるまま移動して、ぽすんとどこかに収まった。

（あ……これって）

覚えのある香りと声で、ろくに機能していない頭でもそれが誰かはっきりとわかってしまった。思考力の低下した頭では、もうまともに状況を分析することもできず、ただ込み上げてくる安心感に負けた。途端に身体がぐんにゃりし、だからなのか、膝から力ががくんと抜けた。

ずるずると下がってしまいそうな身体を大きな手がしっかりと支える。頭の上で尊成が男性と何かを喋っているようだったが、伊織にはその会話の内容に注意を払うことがもうできなかった。

はっと顔を上げると、車がマンションのエントランスの前に横付けされたところだった。あれからどうなったのか、終始ふわふわしっぱなしの頭ではよく事態を把握できていなかったが、きっと尊成がうまく対応してくれたのだろう。よくわからないうちに車に乗せられて、気づけば伊織はホテルを後にしていた。

二人になっても、尊成はどうして伊織が酔ってしまったのか、理由も経緯も聞いてこなかった。注意もされなかったし呆れられもしなかった。その代わりなのか、いつにも増して無口で、無表情だった。

最初はそんな尊成の態度を伊織は特に気に留めていなかった。というか、そこまで気が回らなかったというのが正しい。車のシートに落ち着いて、背もたれにもたれかかると余計にぐらぐらする感覚が襲ってきて、それと必死で闘っていた。すると、尊成からペットボトルの水を渡され、それを飲んでいる間に、少しずつだが酔いが醒めていくような感覚があった。そうこうしているうちに、車が到着した。

（……怒ってる？）

そのことに気づいたのは、車から降りてからだった。酔いが少し醒めたせいか、先ほどよりはしっかり歩けるようになっていた伊織は手を貸そうとした尊成に「大丈夫」と言ったのだ。それはこれ以上迷惑をかけられないと思ったからだったが、そのとき、尊成の眼差しにすっと冷たいものが交じった。

そこで、そういえば、と車内での尊成の態度まで思い当たった。途端にぎゅ、と心臓を掴まれるような感覚が襲った。と同時に、それはそうだろうとすぐに納得した。

尊成は伊織がお酒に弱いことに気づいていた。伊織自身にもその自覚があることも知っていた。なのにちょっと目を離した隙に、足元が覚束なくなるほど酔っていたのだ。パーティーの同伴者としては失格の烙印《らくいん》を押したくなるのもわかる。尊成の顔も潰しかねない醜態だ。うんざりして怒りたくなるのは当然だろう。そんなことは少し考えたらわかるはずなのに、どうして頭の中から抜けていたのだろうか。

エントランスを抜け、エレベーターに乗り込んでからも尊成は無言だった。それが余計に伊織の心を滅入らせた。足が少しふらつき、伊織は思わずエレベーターの中の壁にもたれかかる。

（まずい……泣きそう）

伊織は気づいていなかったが、少し醒めたといえど、アルコールの影響はまだまだ色濃く伊織の中に残っていた。普段は意思の力でコントロールできることも、今の伊織には難しかった。負の感情がどんどん増幅されていく。やたらと悲観的な気分になって本当にじんわりと涙が滲んできてしまう。伊織はすん、と鼻を鳴らした。

（……これでもう、終わりかもしれない。呆れられちゃったかなあ……）

そこでエレベーターが到着して扉が開く。尊成が目線で先に出るように合図を送ってきたので、伊織は慌てて先に降りた。ぎくしゃくと内廊下を歩く。

（だって……だってだよ？　ポジション的にはその辺の抱き枕と一緒で、女としては見られないみたいなんだから、だったら求められているところってもう対外的なことしかないよね。それなのにそれすらできない。この人は別に無理に私に女を求めなくても、あんな風にいくらでも外で選び放題な訳だし）

そして、自分はそれについて何かを言える立場ではない。あのとき、高塚は威嚇とか駆逐とか、要は尊成に話しかける女性を追い払ってこいというような意味のことを言っていたが、そのときに伊織は気づいてしまったのだ。そもそも、自分はそんなことができる立場にあるのか、と。

考えるほどにどんどん悲しくなってきた伊織は、はあと深々とため息をついた。

（あれ……ちょっと待って。これって、もう、一緒に寝る意味なくない？）

伊織は自分の考えに愕然となった。思いがけず、考えが核心に迫ってしまったような感覚があった。見ないように触れないように周到に隠されていたものを見つけてしまったような、胸騒ぎが湧き起こる。

（待って、……待って。ちゃんと考えないと。そもそも一緒に寝ることになったのは、歩み寄りの一環で、なんで歩み寄りをしようと思ったかというと、お互いを知らないままで離婚したら後悔すると思った訳で……）

そうだ。つまり、お互いを知ってお互いが嫌じゃなければ、結婚生活を続けたっていいんじゃないかという考えが伊織の気持ちの根底にあったのだ。つまり、その時点で伊織は尊成のことを好きになりかけていたという訳で。

それを尊成も了承したということは、少なからず伊織のことを知ってみようという気持ちはあったはずだ。けれど、一緒に寝てみて、セックスがしたいという気持ちにはならなかった。

もしかすると、尊成はそれでもいいと思ったのかもしれない。女として見られなくても人間的に伊織のことは嫌という訳ではない。キスぐらいだったらできる。キスができて、セックスはできないという思考回路が伊織的には謎だが、尊成にとってキスは挨拶程度の感覚で伊織よりハードルが低いのかもしれない。

伊織は考えを整理するかのように、忙しなく瞬きを繰り返した。

（そっちはそれでもいいかもしれないけど、私は……）

そんなの嫌だ、と伊織は思った。それはつまりお飾りの妻だ。嫌だったら離婚、となっているが、嫌ではなくても、そんな関係では続けられない。

（だって、そんなの。そんなの……）

「伊織」

考えることに夢中になっていた伊織は、後ろからかかった声にはっとした。立ち止まって後ろを振り返る。

「あ……」

どうやら気づかないうちに自宅扉の前を通り過ぎてしまっていたようだった。扉の前にたたずむ尊成が無表情にこちらを見ていた。

気まずげに笑いながら引き返す。扉を開けた尊成が先に入れとばかりに促したので、伊織は早足で尊成の前を通ろうとした。しかし、慌てたせいか足元がもたついてしまう。自分の方によろけた伊織を尊成は当然のように支えた。

「ご、ごめんなさい」

「いや」

すぐに体勢を整えて離れようとしたが、尊成がなぜか腰に手を回した。そのまま支えられるようにして玄関に足を踏み入れる。

やっぱり大丈夫ではないとでも判断されたのか、尊成は伊織を玄関の端に置かれてあるスツールに連れていって、そこに腰を下ろさせた。

「え？　あ、あの」

そのまま足元に屈み込んだ尊成に伊織はぎょっとする。呆気に取られている間に、尊成はさっさと伊織の足からパンプスを脱がせた。

「そんなこと、しなくても」

尊成がそんな風に甲斐甲斐《かいがい》しい真似をするとは思っていなかった伊織はあたふたとした声を上げたが、その間に尊成はさっと立ち上がって自分の靴を脱いでいた。それを見た伊織は身体の向きを変えて慌ててスツールから腰を上げる。

「大丈夫。歩ける、から」

もたもたしていると大丈夫ではないと判断されて、今度は抱きかかえられかねないような雰囲気を尊成から感じたからだった。何か言いたげに見てきた尊成に制止するように言うと、伊織は自分で問題なく歩けることをアピールするかのように先に立って廊下を歩き、中に入った。

しかし、力強く歩き出した伊織の足は、数歩行ったところで突然ぴたりと動きを止めた。尊成の部屋の扉が目に入ったからだった。

どくんと鼓動が強く脈打った音を聞いたような気がした。伊織は迷うように視線を彷徨わせてから意を決したように振り返った。

「今日は……迷惑かけてごめんなさい。久しぶりに友人と会って、ちょっと浮かれてしまって。それで、ついワインを飲んでしまいました。あんなにすぐにお酒が回るなんて思わなかったの。これからは、このようなことがないように重々注意します」

多少誤魔化しつつも伊織は目を見てはっきりと説明した。ほとんど一息のような勢いで言い切ると、本当にごめんなさいともう一度謝った。

ゆっくりと顔を上げると、尊成は少し驚いたような表情をしていた。

「いや……別にいい。そんなに完璧を求めている訳ではない。たまには酔うことだってあるだろう」

ホテルを後にしてから、ほとんど単語しか発していなかった尊成の意外なほどに優しい言葉に伊織はほっとしたように頬を緩める。なんだか怒っているようにも見えたが、気のせいだったのだろうか。先ほどまで纏っていた冷たい雰囲気がいつの間にかなくなっている。いつもの彼に戻ったような感じがして、伊織はこれだったら言いやすいかも、と、機会を逃すまいと急いで口を開いた。

「ありがとう。でもやっぱりああいう場では今後は飲まないように気をつけます」

そこで一息入れると、伊織はごくんと唾を飲み込んだ。

「疲れたから今日は自分の部屋で寝るね。おやすみなさい」

じゃ、と、尊成の反応さえ見ないまま、ほとんど言い逃げの勢いで伊織はくるりと踵を返した。

（疲れたからって理由、強引だったかな!?　でも今日一緒に寝るのはまずいでしょ）

さすがに伊織も今の自分が少々悲観的になりすぎていることは自覚があった。感情の揺れ幅が大きすぎる。さっきだって歩きながら悶々と考えて、何度涙が込み上げてきそうになったか。こんなこと、普段だったら絶対にない。今日、一緒のベッドに入って、やっぱり何もなかったらと考えると、自分がどうなるのかが恐ろしかった。

（絶対泣く。自信がある）

そのまま早足で自分の部屋へと向かおうとして、四歩ほど歩いたところで突然ぐんと身体が後ろに引っ張られた。えっと思って思わず振り返ると、すぐ後ろに尊成がいた。見ればがしっと腕を掴まれている。

「どうして突然、自分の部屋で寝るなんて言う？」

淡々とした口調だったが、有無を言わせないような迫力があった。表情もなんだか少し怖い。理由を言うまでは逃がさないという意思が瞳にありありと浮かんでいて、伊織は気圧されたように瞳を泳がせた。

「……だから、つか、れてるから……」

「俺と一緒に寝ていると、よく眠れないと？」

「そういう訳じゃ、ないけど……」

「じゃあ一緒でいいだろ」

グイッと腕が引っ張られる。このまま尊成の部屋に連れていかれる、と思った瞬間、伊織の口が勝手に動いた。同時に足をめいっぱい踏ん張る。

「やだっ」

スイッチでも入ったかのように、一瞬にして感情が高ぶった。

「やだ？」

すっと尊成の目の色が変わる。酷薄な表情で尊成は眉を顰めた。

「何が嫌？」

「それは……」

伊織は迷うように目を伏せた。唇が戦慄《わなな》く。自分でもなぜだがわからないが、もうほとんど泣いてしまいそうだった。

どうして？ わからない。尊成がわからない。なぜこんなに引き留めるのか。別に一日ぐらい、いいではないか。どうせ一緒に寝ても何をする訳でもない。たまには一人で寝たいときだって、誰にでもあるだろう。

怒涛のように感情が押し寄せてくる。その中には、苛立ちめいたものも含まれていた。言え、言ってしまえ。全部、ぶつけてしまえ。自分の中の何かが囁く。こうなったらもう取り繕うことなどできない。いっそのこと聞いてはっきりさせてしまえ。

「なんで、エッチしないの？」

次の瞬間、湧き起こる感情に押されるように、口から言葉が突いて出た。

「……は？」

その表情が一瞬で怪訝なものに取って代わる。尊成は、虚をつかれたように瞬きをした。それも当然のはずで、伊織の言葉には、全く脈絡がなかった。

けれど伊織は構わず言葉を続けた。一度堰《せき》を切った言葉は、伊織自身にももう止める術がなかった。

「……だって、だって！　ここ一ヵ月ぐらい、ずっと一緒に寝てるけど、全く手を出してくる気配ないでしょ。私たち、夫婦なんだし、これってかなり不自然な状況だと思わない？　はっきり言って女として自信なくす。あなたの周りにはきれいでスタイルもいい女の人が多いし、やっぱり私じゃそんな気にならないんじゃないかって思っちゃう。胸も小さいし、色気ゼロだもんね」

まるで今までの鬱憤をぶつけるかのように、伊織の口はよく動いた。それはほぼ、頭の中で思ったことをそのまま口に出しているような感じで、伊織自身も途中から自分が何を言っているのかよくわからなくなっていた。まるで何かの熱に浮かされているかのようだった。

「だから、一緒に寝たくないの。わかる？　だって──」

なおも言い募ろうとした伊織の唇は、しかしそこで動きを止めた。その唇にひたりと当てられたものがあったからだった。

尊成の指だった。

「気持ちはよくわかった」

静かな声で言われて、伊織は夢から覚めたような顔で尊成を見上げた。

（あれ……今、私）

何かいろいろ洗いざらいぶちまけてしまったのでは？と伊織が我に返りそうになった次の瞬間、未だ掴まれていたままだった腕がまたグイッと引っ張られた。

今度はかなりの不意打ちで、引っ張られた方へ足が数歩動く。有無を言わせない勢いで、尊成は伊織の腕を掴んだまま歩いて自身の寝室の扉を開けた。

「えっ、ちょっとっ」

抵抗する間もなく、伊織はずるずると引きずられるようにして尊成の寝室に入り、そのままベッドまで連れていかれると、そこに半ば無理矢理座らせられた。

「な、何？」

伊織は引きつった顔で尊成を見た。何か怒らせることでも言ってしまったのだろうか。一生懸命、記憶を手繰り寄せようとしたが、そもそもまともに考えられない上、かっとなってもいたため、考えがどこまで口に出ていたのか、もうよくわからなかった。

尊成が上に羽織っていたスーツを脱いだ。続いてネクタイを緩めて、やや乱暴な仕草で取り払う。それをぞんざいにその辺に放り投げた。

「今から抱く」

「……へ？」

言いながら上体を屈めて伊織に覆いかぶさるように近づくと、肩を押して、その身体をベッドの上に倒した。

伊織は呆気に取られた顔で尊成を見上げた。全く頭がついていっていなかった。それはまだアルコールが抜けていない伊織の頭の問題もあるが、尊成の方も、恐ろしいほど言葉が足りていなかった。

伊織が軽いパニック状態に陥っているのを見て取ったのか、追いかけるようにして上から覆いかぶさった尊成が指を伸ばしてそっと頬を撫でた。

「勘違いしている。俺が何もしなかったのは、別にその気にならなかったからではない」

「え？」

口調は淡々としていたが、頬に触れる指先は優しかった。しかし、今の伊織にはそんなことを気にする余裕もない。意味がわからないというように忙しなく目をぱちぱちと瞬きながら、懸命にその意味を理解しようと頭を働かせた。

「じゃあ、なんで」

「単純に我慢していただけだ。その気というなら、最初からあった。きれいでスタイルのいい女の人が誰を指しているのかはわからないが、そのような気持ちになった女はいないし、胸の大きさにも特にこだわりはない――」

「……ちょっと待って。我慢？　なんで？」

まだ言葉を続けようとしていた尊成を遮って、伊織は声を上げた。聞き捨てならない言葉があったからだ。

（意味がわからない。我慢？　エッチしないように我慢していたってこと？　なんのために？）

訝しげな顔をする伊織を尊成は不思議そうに見た。

「なんでって、初めてだからに決まってるだろ。もう少し接触に慣れてからと思っていた」

「はっ？」

「でもどうやら必要なかったみたいだな。してもいいならするに決まっている。俺がどれだけ我慢していたと思ってるんだ」

その言葉が言い終わるか終わらないかの間に、唇に柔らかい感触が落ちた。伊織が驚いているうちに角度を変えて何度か啄《ついば》まれる。

「待って、なんで初めてって……」

伊織はキスの合間に必死に口を開いてそれを聞いた。急転直下の展開にとにかく頭も心もついていかない。この一ヵ月の間に抱えていた不安がただの杞憂だったことがわかり、拍子抜けした気持ちもあったが、それ以上に求められたことへの戸惑いや照れくささ、行為への期待や不安といった感情が一気に胸の中で膨れ上がった。

「初心者って言ってただろ。それがなくてもキスのときにあんな反応されたらすぐにわかる」

（嘘。そんなにバレバレだった⁉　いやでも今はそれどころじゃ）

「んっ」

伊織があたふたしている間に、唇の合わせ目をこじ開けるように差し込まれた舌が口内を探った。中で舌が絡む。濡れた音が重なった唇の間から漏れた。

「伊織。後ろ向いて」

時間をかけて深いキスを続けた後、唇を離した尊成がすっかり力の抜けた伊織の身体をひっくり返した。

「え……あ」

伊織はされるがままにうつぶせになって、はっとした。今身につけているドレスは後ろにファスナーがついていて、そこから着脱するタイプのものだった。そのファスナーを尊成が下ろそうとしているのがわかったからだった。

「ちょ、ちょっと待って」

伊織は慌てた。けれどそんな制止も意味がなく、尊成はあっさりファスナーを下ろすと、ドレスを脱がしにかかった。露《あら》わになった背中にちゅ、と唇が落とされた。

「んっ」

ちゅ、ちゅという唇の感触が背中を滑って身体が震える。心臓がこれ以上ないほど高鳴っている。ドキドキしすぎて苦しいぐらいだった。

「起きて」

尊成はまたくるりと伊織の身体をひっくり返すと、腕を掴んで引っ張り、上半身を起こさせた。そのまま伊織に考える暇も与えず、中に着ているロング丈のキャミソールごとドレスをたくし上げようとする。

「え、嘘。待って」

「待たない。ほら脱がすから」

確かに尊成とのセックスを伊織は望むようになっていた。けれど、こんな風にいきなり始まって、それにすんなりと順応できるかといったら話はまた別で。

(ほんとに、これから……)

これから裸を晒して、誰も触れたことがないところに尊成が触れると想像したら、恥ずかしさで頭が沸騰しそうになった。顔はこれ以上ないほど熱くなり、上擦った息が口から漏れる。とても平静でいられなかった。

しかしそんな伊織の逡巡も意に介さず、尊成はグイッと引っ張ってドレスをその身体から取り払った。下着姿になった伊織は、腕で胸を隠しながら身を縮こめる。

(何これ、めちゃくちゃ恥ずかしい。あれっ、なんかちょっと今日お腹出てない？下着もそんなに可愛いものじゃないし……)

まさか今日セックスすると思ってもいなかったし、いろいろと準備不足なのは否めなかった。それに、普段隠れている部分を晒すという行為は想像以上の恥ずかしさを伴うものだった。

「伊織」

尊成の目が見られなくて伊織は思わず俯いてしまう。顔を真っ赤にしながら下を見ていると、尊成の指が頬に触れた。優しく撫でた指が伊織の顔を上に向かせる。

また、唇の感触が落ちた。

(だめだ……逆らえない)

優しく吸われて身体がぐんにゃりと芯をなくしていくのがわかった。それを支えるように尊成の手が背中に触れた。びくりと伊織の肩が揺れる。

素肌に触れる指先の感触にぞわりとしたものが背中を駆け上がる。それと同時にふっと胸元の締めつけが緩んだ。

(えっ、まさか)

「電気消したい」

ブラジャーのホックを外されたのだ、と思い当たった次の瞬間、口が勝手に動いていた。伊織は懇願するような目で尊成を見た。

尊成は胸の大きさは気にしないと言っていたが、だからといって、そんな自信を持って晒せるものではないということに変わりはない。触れられたらすぐにわかるかもしれないが、明るいところで見られるのは抵抗があった。

尊成が切れ長の瞳で伊織をじっと見返した。その顔には、いつものようにこれといった感情は浮かんでいないように見えた。けれど尊成がなんてことのない顔でさらりとすごいことをしてくるのは、初めてのキスのときに実証済みだ。それに尊成はこの一ヵ月我慢していたと言っていたが、伊織には、そんなようには全く見えなかった。つまり興奮しているかしていないかが、外からでは全く窺えない。

「わかった」

思いのほかあっさりと頷くと、尊成はヘッドボードに備えつけられているルームライトの操作パネルに手を伸ばした。そこに触れて明るさをギリギリまで落とした。

「これぐらいでいいか?」

「う、うん」

お互いの表情がかろうじてわかるぐらいのぼんやりした明るさだった。その中で、尊成がワイシャツのボタンに手をかけた。

慣れた手つきであっという間にすべてのボタンを外すと、ワイシャツとその下のインナーを脱ぎ捨てた。伊織の眼前で尊成の上半身が露わになる。

突然の光景に伊織は思わず見入ってしまった。着替えているところをちらっと見たことぐらいはあったが、こんなにまじまじとその素肌を見たのは初めてだった。

いつだったかお姫様抱っこをしてもらったときにその硬い感触に驚いたことがあったが、その記憶の通り、尊成はがっしりとした体つきをしていた。服の上からではよくわからなかったが、腕回りや胸板、腹筋に程よく筋肉がついている。

(顔もいい上に身体まで……この人、弱点ないのかな)

まじまじと見ていると、その身体が急にぐんと近づいた。尊成が伊織との距離を詰めたのだ。ぎしりとベッドが音を立てる。

伊織はぎくりと思わず身体を強張らせた。注意が逸れていたが、急に我に返る。お互いがほぼ半裸になっている。これからいよいよ本格的に事が始まるのだ。

伊織の顔にさっと緊張感が走った。尊成はゆっくりと手を伸ばすと、ものすごく丁寧な動きで、ブラジャーをほぼ握りしめている状態になっていた伊織の手を解き、肩からそれを抜いた。

「初めてなのはわかっている。できる限り優しくする」

そう安心させるように耳元で囁くと、伊織の上半身をゆっくりとベッドへ倒した。

その瞬間、伊織はようやく覚悟を決めた。

その宣言通り、尊成はとても優しかった。唇や首に宥めるように絶えずキスを落としながら、そっと伊織の身体を暴いていく。肌に触れる手はとても優しく、かつその官能を引き出そうというかのようにとても淫らに動いた。

伊織はとにかくもう、恥ずかしくて仕方がなかった。自分の口から漏れる甘い声も、反応してびくびく動いてしまう身体も。顔を隠そうと横を向くと、尊成が「伊織」と名前を呼んで頬や耳にキスを降らせてくる。尊成の手つきは優しいが、その暴き方は容赦がなかった。

そんな伊織の羞恥は尊成がショーツを下ろして脚の間に顔を近づけたときにピークに達した。さすがに抵抗したが、尊成は初めてだから念入りに準備をしなくてはいけないと言い切って引かなかった。

半ば強引に、舌と指がこれから尊成を受け入れる場所をほぐす。その動きは執拗《しつよう》で途中から意識が朦朧《もうろう》とし出すほどだった。そして、いつの間にか奥まで入り込んだ指が伊織の弱点を探り出してある一点を押したときに、とうとう訳がわからなくなった。

だからそれからの伊織の記憶はほとんど曖昧で。さすがに尊成のものを受け入れるときばかりは痛みが走り、意識はかなり引き戻されたものの、尊成がキスや他の部分への愛撫で伊織の注意をかなりうまく逸らしたので、初めてにしてはかなりのスピードで伊織の中は行為に馴染んだ。

尊成は意外なほどに情熱的だった。表情こそそこまで変わらないものの、伊織を見る眼差しの奥には、隠しきれない熱が揺らめいていた。それは飢えた肉食獣を思わせ、伊織は身体のあちこちを舐《な》められながら、時折自分はこのまま尊成に食べられてしまうのでは、と思ったほどだった。しかし、普段冷静な尊成が理性を取っ払って求めてくれるのは、同時に抑えがたい喜びを伊織にもたらすものでもあった。

「伊織」

尊成は行為中あまり喋らなかったが、時折、伊織の名前を呼んだ。それがやたらと甘く聞こえたのは伊織の気のせいだったのか。けれど身体は正直で、そのたびに下腹部の奥が切なく反応してしまう。

坂道を駆け上がるかのように高まり合っていく中、伊織はギシギシと鳴るベッドの音を聞きながら、夢中で尊成にしがみついていた。汗ばんだ肌が重なり合ってそれが心地よかった。バラバラのピースがしっかりと噛み合ったかのような充足感。

この感覚を知ってしまったら、それを知る前には二度と戻れないだろうと思った。

第六章

「どうした？」

「もう終わる？　眠くなってきた。お風呂入ってこようかな」

「わかった」

夕食後、リビングのソファでタブレットに視線を落としていた尊成の隣で、伊織は動画配信サービスを利用して海外ドラマを観ていた。仕事をするのなら書斎になっている尊成の寝室の続き部屋でする方がいいのではと思うのだが、尊成は別に場所に頓着はしないらしい。

ちらりとこちらを見た尊成が、伊織側の腕を上げてソファの背もたれ部分にのせた。それを見た伊織は、空けられたスペースに収まるかのように尊成の胸にもたれかかる。腕をお腹に回して抱き着きながら、胸に顔を埋めてその部分の匂いを嗅いだ。

自分がこんなに甘えたがる性格だとは思わなかった。

だめなのだ。まるで中毒にでもなったかのように、一緒にいるとその体温を感じてしまいたくなってしまう。尊成の体臭とシトラスの香りで構成された、彼の身体から発せられる匂いを嗅ぎたくなってしまう。

だって、とても落ち着くのだ。絶対的な安心感と充足感と、心が温かくなるような幸福感。もうこれなしでは生きていられないと思うほどに。

尊成はベタベタするのが嫌いそうなタイプに見えたが、伊織がくっついても嫌な顔はしなかった。甘い言葉や態度はあまりなかったが、包容力とでもいうのだろうか、察して受け入れ、包み込んでくれるような雰囲気があった。そのなんでもいろいろ許されているような空気がとても心地よかった。

しばらくそうやってじっとしていると、タブレットの電源を落とした尊成がそれを脇に避けた。反対の手が伊織の着ていたTシャツとその下のカップ付きキャミソールの裾から入り込んで脇腹に触れる。

伊織は顔を上げて尊成の唇に自分のものを押しつけた。服の下の手が肌を撫でながら上がってきて胸の膨らみに達する。

「ん……」

硬い指先で胸の先を撫でられて身体が震えた。

尊成がこんなに求めてくるタイプだとは思わなかった。

初めて身体を繋げてから既に数週間が経過しているが、その間にもう何回したのだろう。我慢していたというのは本当に嘘ではなかったのだな、と素直に納得できてしまうほどのハイペースで、尊成が早く帰宅した日は大体そんな流れになるし、休みの日に家にいるときに続けざまに何度も求められたこともあった。

だから伊織はあっという間にその行為に慣れて、今では少し前まで処女だったとは考えられないほどの乱れぶりだ。尊成は意外に尽くすのが好きなのか、前戯に時間をかけるので大体伊織はぐずぐずに溶かされてしまう。

けれどそうやって求められるのは嫌ではなかった。尊成とのセックスは気持ちがいいし、愛されている感じがして心も満たされる。だから伊織は求められるとすぐに応じてしまう。そうやって何度も触れ合っているからなのか、自分からキスするのも抱き着くのも自然にできるようになってしまった。

「伊織、こっち」

誘導されて、伊織は尊成の膝の上に向かい合ってまたがるような体勢になった。その状態で首に腕を回してキスを繰り返す。そうしながらそのまま手を上げて尊成の髪に触れた。仕事のある日は、横に流している前髪に指を差し込んで弄ぶのが好きだ。彼のきっちりとした部分を乱すことができるのは自分だけだと思えるから。

尊成が服を捲《まく》り上げて胸に顔を寄せる。伊織の口から甘さを帯びた声が漏れた。

つまり、セックスをした日から二人の仲は順調そのものだった。伊織はもう、半年で離婚しようなどとは全く考えていない。尊成だってそう思っているはずだ。離婚を考えている妻とこんなにセックスをするはずがないし、愛されている自信も少なからずある。

伊織の父は『どうしても嫌だったら離婚していい』と言っていたはずだ。つまり、嫌じゃなかったら結婚生活を続けたっていい訳で。正直、尊成にこんなに心を許してしまうなんて自分でも予想外だったが、離婚するもしないも二人の自由なはずだ。対外的にも離婚するデメリットを考えたら、継続した方が絶対にいいと言えた。

「あなたの実家に？」

「ああ。生活が落ち着いたら一度顔を見せるように言われていたがすっかり忘れていて、この前催促がきた。近いうちに行こうと思う」

「わかった。予定しておく」

「伊織の方は行かなくても？」

「……そうだった」

斉賀ホテルズ&リゾーツの系列ホテルの高層階にあるフレンチレストランで、二人は向かい合っていた。結婚以来、二人で出かけたことがなかったことを気にかけてくれたのか、尊成にたまには外で食事しないかと誘われたのだ。

何を食べたいか聞かれて、系列ホテルのレストランでと言ったのは伊織の方からだ。二人で出かけるのが思いのほか嬉しくて、気合を入れて洋服を選んでしまった。

今日の格好を見たとき、伊織が気合を入れておしゃれしてきたのがわかったのか、尊成はなんと『今日は特別きれいだ』と言った。最初のパーティーのときに、服装をちらりとも見なかった塩対応ぶりを思い出した伊織がその反応に驚いていると『どうして驚く』と思いがけず尊成が笑ったので、伊織はなんだかドキドキしてしまった。

そんなこんなでホテルに来て、夜景を見ながら運ばれてくる料理を食べていると、尊成が自分の実家に一緒に来てほしいと言ってきたのだ。

それで伊織も結婚以来、自分が一度も実家に顔を出していないことを思い出した。そういえば落ち着いたら一度報告に来いと言われていたのだ。

「言ってくれれば予定を合わせる」

「いいの?」

「ああ。むしろ伊織が一人で帰ったら余計な心配をかけるかもしれない」

確かに、と伊織は思った。正確には心配ではなくて、勘繰りを受けるのだが。やはりうまくいっていないだろうと思われて、父親の中で離婚が確定事項になってしまうかもしれない。伊織が離婚すると思って変にその後のプランを練られても嫌なので、ここは尊成と一緒に行って、うまくいっているアピールをしておかなくてはいけない。

「ちょっと連絡入れて予定を聞いてみる」

「わかった。こっちも段取りをつけておく」

うん、と伊織は頷く。そして、そろそろいろいろと考えていかないとな、と内心思った。当初、離婚するなら区切りにした六ヵ月まで、二ヵ月を切っていた。

「伊織は迷惑をかけていないか」

「いえ、そんなことは全く。いつも助けられています」

休日の昼下がり、伊織は尊成と伊織の実家に来ていた。お互いが調整した結果、伊織の方が先に都合がついたのだ。尊成の方には来週、顔を出すことが決まっている。

篠宮の家は父親の趣味で洋館を模した造りをしており、応接室もアンティーク調の家具で統一されていた。分厚いフレームが特徴の、二人掛けのどっしりとした革張りのソファに座った伊織は、隣に座る尊成にわざと身を寄せながらにっこりと目の前の父親と母親に笑いかけた。

「お父様。心配することは何もないわ。私たち、とてもうまくやっているの」

そう言いながら、尊成の腕に手をのせると、やや芝居がかった仕草でうっとりと尊成を見つめてみせた。

これでどう見ても、文句を言っていた割にあっさりとイケメンに骨抜きになった女、に見えるはずだ。

(まあ、それもあながち間違いじゃないし)

「その通りです」

同調したように頷いた尊成が伊織を優しく見つめて笑う。

実は篠宮家を来訪する前に、伊織は尊成に必要以上にラブラブアピールをしてくれと頼み込んだ。もちろん父親が変な気を起こさないように牽制《けんせい》するためだった。これでタイミングを見て結婚生活を継続すると話せば、父親は何も言えまい。

その後、父親の顔がうんざりしたものに変わるまでアピールを続けてから、伊織たちは部屋を辞去した。廊下を歩いていると、向こうから歩いてくる人影があった。

「あ」

兄の唯史《ただし》であった。唯史は伊織たちに気づくと足を止めた。

「久しぶり。来てたんだ」

「うん。結婚してから一度も来てなかったから。唯史兄さんも？」

唯史は家を出て一人暮らしをしている。だから実家にいることは珍しかった。伊織の言葉に唯史はにこりと笑った。

「ちょっと父さんに用事があって。尊成さんもお久しぶりです」

「ああ」

その挨拶の交わし方に何か引っかかるものを感じて、伊織は首を傾けた。

「知り合い？」

もちろん、結婚式や親族の顔合わせで二人は何度か顔を合わせている。けれど、それだけでは説明できない気安さみたいなものが、二人の間に滲み出ているのを伊織は敏感に察知した。

「あれ、伊織は知らなかった？　俺たち大学一緒だったんだよ。年も一つしか違わないし」

「あ……」

確かに、そうだったかもしれない。伊織は尊成の経歴書を見たときのことを思い出した。あのときは、尊成の経歴の輝かしさにただただ恐れをなして、大学名が兄と一緒のものだということにまで気が回らなかった。

おそらく、両家のこれまでの確執を考えて、唯史は尊成と交流があることを家族には意図して隠してきたのだろう。だから伊織は二人が繋がっていたことに気づかなかったのだ。唯史は一見人当たりがよさそうで、受け答えも飄々《ひょうひょう》としているタイプだが、その裏ではとても抜け目のない性格をしている。でなければ、御曹司としてグループ企業を動かす任は務まらないだろう。

「だから伊織が尊成さんと結婚することになったときは驚いたなあ」

唯史は肩を竦めると、二人を見比べるようにして視線を移動させ、意味ありげに笑った。

「まあ伊織も知ってると思うけど、尊成さんって昔っからどこ行ってもすぐに女の子が寄ってきてハーレム状態だったんだよ」

伊織は怪訝な顔で唯史を見返す。昔から伊織は唯史が何を考えているのかがいまいちよくわからない。だから今も何を突然言い出したのかと思ったのだ。

「女の子をとっかえひっかえしているとか噂もすごかったけど、実際のところほとんど相手にしてなくて、女に時間を割くなんて面倒だと思ってるタイプだし、基本的にドライな人だからさ。伊織にも塩対応で絶対うまくいかないと思ったんだけど……」

そこで唯史はにやりと笑った。

「意外にうまくいってそう」

「お前は俺をなんだと思ってる？」

尊成が呆れたように唯史を見ていた。

「妻を大切にするのは当然だろ」

「伊織」

尊成が淡々と言い放ったとほぼ同時に、伊織は後ろから名前を呼ばれた。反射的に振り向くとそこには、今しがた別れたばかりの母親がいた。

「あら話し中だった？　伝えるの忘れてたんだけど、あなた宛ての郵便物がいくつかあるみたいよ。帰る前に佐藤《さとう》さんに聞いてみて。そっちに送ろうか迷ってたみたいだから」

伊織は熱くなりそうな頬を母親から隠すように押さえながら、慌てて頷いた。

「はい」

「唯史さん、尊成さんと話すならこんなところで立って話さないで、どこかにちゃんとお通ししなさい」

母親は伊織の表情など気にもしていない態度で、ついでのように唯史にそれだけ言うと、尊成に「またいらしてください」と声をかけて去っていった。その後ろ姿を見送った唯史が尊成の方へ視線を戻す。

「せっかくなんでお茶でもどうですか」

「いや、もう帰るからいい。また次の機会にする」

唯史にそう言ってから尊成は伊織に視線を移す。

「外で待ってる」

「あ、うん。じゃあちょっと行ってくる」

言外に用事を済ませてきていいという意味だと受け取った伊織は、唯史に「兄さんまたね」と声をかけると二人に背を向ける。

昔から篠宮の家で「お手伝いさん」として働いている佐藤を探しに台所へと向かった。

(ああいうこと、さらりと言うもんなあ)

顔に熱の余韻がまだ少し残っていた。先ほどの唯史と尊成の会話を思い出し、口元がつい緩んでしまう。

(誤解だったたって訳か)

唯史が尊成のことをそこまで知っているとは予想外だったが、おかげで思わぬところから尊成のことを知ることができた。結婚前にパーティーで女性といるところを何度も見たことがあったし、女癖が悪いという噂も聞いていて、きっと女に不自由していないんだろうなと思っていたが、一緒にいるようになってみても全く女性の影を感じないし、そんな風なキャラにも見えなくて違和感を覚えていたのだ。

なんのことはない、女性が周りにいたのはただモテていただけだったのだ。

そう考えると、あの日のパーティーで女性と話していたのも、ただ向こうから寄ってきただけのことだったのだろうなと推察ができる。伊織は自分の言動を振り返って恥ずかしさを覚えた。

（今考えると、あんなにショックを受けるほどのことじゃなかったよね）

今ならそう思えるが、あのときは一ヵ月間一緒に寝ていて全く手を出されなかったことが伊織の心に暗い影を落としていたのだ。おそらく、離婚までのタイムリミットが徐々に迫っていたことも影響があったのだろう。

しかもあんなに急速にお酒が回るとは本当に予想外だった。結果、黙って帰ってしまうことになって桜子にも悪いことをしたし、転びそうなところを助けてくれた男性（あまりはっきり覚えていないが）にはろくにお礼も言えなかった。

桜子にはもちろん次の日連絡を取って謝った。男性には尊成がその場で感謝とお礼を伝えたと後で聞いたが、伊織はそれきりで、おまけにどこの誰だったかも思い出せない。もう外でお酒を飲むことはするまいと伊織は改めて心に誓った。

＊　＊　＊

「聞きましたよ。この間の白川《しらかわ》のパーティーでのこと」

尊成に付き合おうとしてくれたのか、一緒に外に出てきた唯史は意味ありげに笑いながら口を開いた。

篠宮家は玄関を出ると車寄せがあり、右手が駐車場、左手には樹木がきれいに剪定《せんてい》されている庭があった。二人でなんとなく庭の方へと歩き出しながら尊成は横に並ぶ唯史に目を向ける。

「当間《とうま》か」

「伊織ちゃんが気分悪そうにしていたから支えてただけなのに、尊成さんがすごい顔ですっ飛んできたって言ってましたよ。あっという間に連れてったって」

当間の喋り方を真似しながらおどけたように言った唯史は、実に楽しそうに笑った。

当間は唯史と同い年で確か二人は高校の同級生だったと記憶している。某有名メーカーの御曹司である彼とは尊成も何かと顔を合わせる機会があって、よく知っていた。伊織タイミングがなくて挨拶はしなかったが、あの会場にいたのもわかっていた。伊織も当然知った顔だと思うが、あのときは酔っていたから認識できなかったのだろう。

尊成はすぐに気づいたが、女癖があまりよくない当間は女性に対してのスキンシップが過剰なところがあり、伊織にも必要以上に触れている気がして、それが気になったのだ。当間だと気づいていないフリをしながら多少手荒く引き離した記憶があるので、そのことをからかわれていることは尊成にもわかった。

当間は伊織だと認識してのことで、伊織と尊成が結婚したことも当然知っているので他意はなかったとしても、当間が伊織にベタベタと触れるのは、自分のものを無遠慮に撫で回されているような気分でなんとなく我慢がならなかった。

会場で彼女が酒らしきものに口をつけたことは尊成も認識していた。だから会場からいなくなった伊織を追って出た時点で、もしかしたら少し酔ったかもしれないことを尊成は想定していたのだ。けれどあそこまで足元が覚束なくなっていることは予想しておらず、当間が伊織の身体を包み込むようにして支えているのを見て少なからずかっとしてしまったところもあった。

「いやあ、俺も見たかったたな。意外に愛妻家だったとは驚きました」

「ずいぶんと楽しそうだな」

庭には、開けたところに鋳物のテーブルセットが置いてあった。どちらともなくその前で足を止める。尊成は椅子に腰を下ろすと、無表情のままで唯史を見た。

「いや、伊織って気が強そうに見えて案外甘えたがりというか、たぶん重めのタイプなんですよ。愛情に飢えてるところあるから。それに尊成さんが応えたのがすごいなと思って。そういうの、一番嫌がりそうじゃないですか」

「さっきも言われたけど、俺はだいぶ冷たい人間だと思われてるんだな」

尊成は感情の籠らない目でじっと唯史を見た。唯史は飄々とした顔で「そんなことないですよ」と否定したが、明らかにわざとらしい。

「別に否定するつもりはないし、彼女のことを特別に思っているのも確かだ。だから伊織が望むことに応えることも苦ではない」

唯史の言う伊織の性格についてはおおよそ当たっているだろう。けれど別にそれを嫌だとか、面倒だと思ったことは一度もなかった。むしろそういう一面も可愛く見えてしまうことに、尊成も実は内心驚いていた。

「尊成さんがここまで夢中になってるんだったら、離婚ということにはならなそうですね」

安心したというように笑った顔を見て、唯史もやっぱり兄なんだなと思う反面、尊成は少しばかりその言葉に引っかかりを覚えた。

この結婚が離婚前提だということを唯史も知っているのだ。

伊織の父親は、娘がどうしても嫌がっているから会社の合併に影響が出ないところまできたら離婚してほしいと言っていた。純粋に伊織が嫌がっただけだったとしたら、結婚してみたらその考えを翻意させることも考えられる訳で、そうなったときに離婚前提のことを周りに言っていたら心証が悪くなる。伊織の父親のようなタイプは抜け目がないので、後で反故にできる可能性も最初から考えて、周囲には黙っておくだろう。

しかしそうではなかった。となると、伊織の意思に関係なく、父親の中では既に離婚は確定事項になっているのかもしれない。

「篠宮では俺たちが離婚することが前提となっているのか。お前から見て、この結婚に不満を持っていそうだと思う人間はいるか」

自分の言葉が尊成を刺激してしまったことに唯史は気づいたのだろう。考え込むような顔つきになった。

「いたとしても大ぴっらには言えませんね。祖父が認めていることですから。祖父に逆らえる人間はなかなかいません」

記憶を探るような顔をしながらそう答えて、唯史は食えない顔でうっすら笑った。

「そちらに何か問題が？」

「まあどこの家にもいろいろあるだろう。と言ってもそれで伊織に影響を出すつもりはないが」

面白がっている様子の唯史に相変わらずいい性格していると思いながら尊成は淡々とそう言うと、「そろそろ戻るか」と椅子から立った。

＊＊＊

「ね、本当に私も来ていいの？」

どっしりとした日本家屋の前で引き戸に手をかけていた尊成が、その言葉に動きを止めて伊織を見た。

「どういう意味だ？」

「だって今日、お祖母様のお誕生日をお祝いする集まりがある日だったんでしょ？　そんな日に私まで来ていいのかなあって」

「家族なんだからなんの問題もない。むしろ一緒に来てもらわないと困る」

尊成はあっさりそう言うと、伊織の返事を待たずに引き戸を開けた。

伊織は尊成の実家に来ていた。正確に言うと、ここは尊成の祖母の家だ。尊成の両親の家は隣で、同じ敷地内にある。祖父の方が既に他界しているため、祖母は独りで住んでいた。といってももちろんお手伝いさんはいるので、不自由のない暮らしを送っているはずだった。

尊成の後ろについて長い廊下を歩き、行き着いた先はおそらくダイニングルームだと思われる部屋だった。開いたままになっている引き戸の入口から、大きなダイニングテーブルと、その周りを囲うように座っている人影が見えた。

尊成と一緒に伊織が部屋に入ると、一斉に二人に視線が集まった。

伊織は目が合った人に会釈《えしゃく》しながら尊成の後ろについて進み、まず祖母、そしてその横にいた父親、母親の順に挨拶をした。尊成の父親と母親とはもちろんもう何度も会っている。祖母は高齢のため体調を気遣って結婚式には出ていなかったが、以前に一回だけ尊成の実家に来たことがあって、だから祖母に会うのも初めてではなかった。

祖母は元々物静かな性格で普段から口数が少ないタイプだったらしいが、現在は認知機能に少し問題が出てきているようで、尊成と伊織が話しかけても軽い相槌ぐらいで後は穏やかな笑みを浮かべていた。

祖母に持参した誕生祝いを渡す。尊成が手伝って包装を開けている間、尊成の母親と目が合った。

「新居での暮らしはどう？　何か困っていることはない？」

「いいえ。尊成さんによくしてもらっているので。とても快適です」

「あらそうなの？　尊成は仕事ばかりで家にいないんじゃない？」

「お仕事はお忙しいみたいですが、なるべく家に帰ってくるようにしてくれています」

「あら、あの尊成が？」

伊織の言葉に意外そうに目を丸くさせた後、母親は安心したように笑った。

聞くところによると、尊成の両親は政略結婚ではなく、恋愛結婚らしい。だからだろうか、尊成の母親は気さくで、伊織にもとても優しく対応してくれた。

（離婚前提だったってことはみんな知っているのかな……）

尊成の母親とにこやかに話しながら、伊織の脳裏にふとその考えがよぎった。伊織が尊成の実家に来るにあたって気になっていたこと。『どうしても嫌だったら後で別れたっていい』を誰が、どこまで知っているのか。

実は、伊織は尊成本人とも、まだその話をはっきりとしたことはなかった。父親が尊成にそれをどう持ちかけたのか、伊織には実際のところはわからない。けれど、娘が嫌がっているから、といったことは理由として言っているはずで、それを考えると気まずさがあった。尊成が伊織をどう思っていたのか、確かめるのが怖いということもあった。

体裁を考えたら離婚のことを知るのは、ごく限られた者だけになるはずだ。知る人数が増えるほど、露見する可能性が高くなるからだ。伊織は当人たちとその両親ぐらいの範囲で考えていたが、この前話した感じでは、唯史も知っているような雰囲気だった。とすると、こちらの家でも、知っている人間は意外と多いのかもしれない。

そんなことを考えていた伊織は、ふと、顔に差すような視線を感じた。さりげなさを装ってそちらを見ようとすると、テーブルの向こうにいたその視線の主が一瞬早く口を開いた。

「叔母様、そろそろお茶にしません？」

尊成の従妹だった。名前は確か、あやめだ。今日の集まりには、尊成の祖母、両親と、叔父家族も参加予定だとは聞いていた。あやめの隣には、あやめの両親——尊成の叔父と叔母が座っている。

尊成の父親は三人兄弟で、尊成の父親が長男、この叔父が次男で、その下に妹がいる。その妹は遠方に嫁いでおり、結婚式のときには出席してくれていたが、今日は来ていなかった。また、尊成には姉がいるが、こちらは夫の仕事の関係で現在は海外に住んでおり、同じように結婚式には出席してくれたが、今日はさすがに来ていない。

「そうね。準備しましょう」

尊成の母親が頷いて席を立つ。最近疲れやすくなったという祖母の体調を考慮して、今日の集まりは食事会ではなく、お茶会のような形が取られていた。母親が部屋の外に消えると、すぐに祖母宅の家政婦が入ってきて、テーブルにケーキやお茶菓子を並べ始める。

「俺たちも座ろう」

尊成に促されて、伊織は祖母の隣に腰を下ろした。尊成はその隣に座る。つまり、伊織は祖母と尊成に挟まれている状態だ。

(私なんかが主役の隣に座っていいのかな?)

せめて尊成が祖母の隣に座るべきではと思ったが、誘導されたのだから仕方ない。伊織は恐縮するように身体を縮めながらそっとテーブルの向こうを窺った。

「どうも。今日はかえでさんは？」

尊成がテーブルを挟んで、真正面に座る叔父に話しかける。叔父は尊成の父親とはあまり似ておらず、どちらかというと、伊織の父親と似た外見をしていた。つまり、小太り気味のずんぐりむっくり体型だ。顔にも肉がついていて頰が垂れ下がっているせいで、やや不健康そうな印象を受ける。

伊織は結婚式で叔父一家に会っている。叔母は、押し出しが強そうな叔父とは正反対の、楚々《そそ》とした容姿の儚《はかな》げな雰囲気を持つ女性だった。間違いなく美人の部類に入るだろう。そして、成人した娘二人を持つ年齢とは思えないほど、若く見えた。

「かえでは、今日はどうしても外せない用事があるとかで来ていない。それより、結婚生活はどうなんだ？　本来なら、新婚で今が一番楽しい時期だろ」

「おかげ様で、一番楽しい新婚生活を楽しんでますよ」

尊成が口の端を上げて皮肉気な笑みを浮かべた。

（……あれ、なんか、もしかして仲悪い？）

尊成の目つきに冷たいものが交じったので伊織は驚いた。普段から尊成は感情の起伏があまりないので、普通にしていても冷たそうに見えるがそれとは違う。何か、侮蔑を含んだもののように伊織には見えた。

それに、叔父の方の言葉にも嫌な含みがある。

「結婚式にはお越しいただきありがとうございました。ご無沙汰しておりすみません。お元気そうで何よりです」

ぴりっとした空気が流れたので伊織は気を遣い、叔父一家ににっこりと笑いかけた。

「ああ」

叔父は伊織をちらりと見て、鷹揚《おうよう》に頷いた。

（……え、それだけ？　うわ、感じ悪っ）

「尊成さんは、今日は夜までいる予定なの？」

叔父の態度に伊織が呆気に取られていると、今度は伊織の挨拶などまるでなかったかのように、あやめが横から尊成に話しかけた。

（こっちは無視？）

尊成が素っ気なく「いや、その前に帰る」と返している。伊織はそのやり取りを見ながら、自分の存在はどうやら、叔父一家には歓迎されていないことに気づいた。

叔父一家には二人の娘がいて、今、尊成に話しかけたのが姉のあやめで、妹がかえでとなる。二人は美人の叔母に似て、整った顔立ちをしていた。

特にあやめの美貌は際立っている。くるんときれいにカールしたまつ毛が縁取った二重瞼の瞳は黒目がちで、まるで吸い込まれてしまいそうなほど大きく、鼻と唇のバランスも完璧だ。

叔父一家とは、実は結婚式に顔を合わせて以来、会うのは二回目だった。なので、伊織は自分がよく思われていないことに気づいていなかった。

尊成と伊織が離婚前提で結婚したことを叔父一家が知っているかどうかはわからないが、考えてみれば、そもそも伊織は篠宮の娘である。尊成の両親があまりに親切に接してくれるので伊織自身も忘れかけていたが、伊織の祖父と同様に、こちらにも今までの因縁が気になる人がいたとしても不思議ではなかった。

「伊織、何か食べたいものがあるか?」

尊成の言葉にはっとしてテーブルを見ると、いつの間にか、溢れんばかりに色とりどりのケーキや美味しそうな焼き菓子が並べられていた。洋菓子はもちろん和菓子まである。

「そうよ。自由に好きなものを食べてね」

尊成の母親がにっこりと笑いかけてくる。伊織は「ありがとうございます。とても美味しそうです」と愛想よく返しながら、どうしようかなと視線を行ったり来たりさせた。

「これ?」

「う、うん」

なぜか尊成が甲斐甲斐しく伊織の皿にいくつかのケーキと洋菓子を取ってくれた。周囲の視線を気にして伊織は恐縮しながらも頷く。

（なんか、視線が……痛い）

尊成に話しかけたそうにちらちらと視線を送っていたあやめが、邪魔されたとでも感じたのか、伊織に突き刺すような視線を向けてくるのを感じた。

尊成も何か感じることがあったのか、その後やたらと伊織をフォローするような言動を見せ、すごく気を遣ってくれているように、伊織は感じた。

「はあ……」

家に帰るとどっと疲れが押し寄せ、伊織はソファに腰を下ろして深いため息をついた。

「疲れたか？」

尊成が隣に座って伊織を窺うように見る。伊織は首を振った。

「ううん。ちょっと食べすぎちゃっただけ」

嘘ではなかった。尊成が伊織に構えば構うほど、あやめの視線がきついものになっていくような気がして、ついケーキを食べすぎてしまったのだ。というよりは、食べるしかなかったとした方がしっくりくる気がする。それに、あの叔父も何かおかしかった。

伊織を見る視線が妙に意味ありげというか、なんとなく含みがあるように感じたのだ。けれど別に何を言ってくるでもない。そういうことがたびたびあって、とにかく伊織はずっと落ち着かなかった。

「叔父たちに気を遣っていただろう。叔父は少し横柄なところがある。悪かった」

その言葉に伊織は驚いたように尊成を見た。

「う、ううん。大丈夫。叔父様は大体いつもあんな感じなの？」

尊成は考えるように顎に手を当てた。

「……そうだな。いつもあんなものだ」

（なんだ、じゃあただ私が変な風に考えてただけ？）

「……あやめさんは」

そこまで言ってから伊織は考えるように眉を寄せた。

（尊成さんのこと、絶対、好きだよね……？　うーん、いやでも年が離れているし、昔から可愛がってくれたお兄ちゃん的な感じかも？　私のお兄ちゃんを取らないで、みたいな？　でもなあ、そんなに懐かれるほど子どもに好意的な態度を取れるとは思えないんだけどなあ……やっぱイケメンだから？）

「あやめ？　あやめがなんだ？」

「……なんでもない」

迷ったが、やっぱりどう聞くか決めかねた伊織は、ひとまず誤魔化すように笑った。それからくるりと尊成に背を向ける。

「お腹が苦しいからもう着替えたい。背中のファスナー下ろしてくれない？」

そう言って尊成の反応を待つ。今日の伊織はワンピースを着ているのだ。背中にファスナーがついているタイプで頑張れば自分でも脱げるが、満腹感がひどくてできることなら手伝ってほしかった。

「わかった」

その言葉とともに、じーっと金属が擦れる音がわずかに聞こえてくる。伊織は小さく息を吐いた。

「食べすぎたみたい。今日でちょっと太ったかも」

「そうか？」

ファスナーを下ろし終わった手がするりと前に回る。確かめるようにお腹のあたりを撫でられて伊織はびくりと身体を震わせた。

「ちょっと、触ったらだめ」

「全く太っていないから大丈夫だ」

「やだ、ふっ、あはは、く、くすぐったいっ」

さわさわと撫でるように触られて伊織は身をよじった。その勢いでファスナーの合わせ目が大きく開いてしまう。露わになった背中に尊成が顔を寄せた。

ちゅ、と唇を落とされて、じわりとそこだけ温度が上がる。

「ん」

何度も唇で啄むようにされて、伊織の唇から甘さを帯びた声が漏れた。

「伊織」

優しいトーンで尊成が伊織の名前を呼ぶ。こういうときの声がずるいと思う。耳に入ると、頭の中を痺れさせていくような、甘く響く低い声。

伊織は振り向くと尊成の首に手を回して顔を寄せた。柔らかく唇が重ねられる。啄むような軽いキスから角度を変え、それはだんだんと深いものになっていく。下唇を甘噛みされながら軽く吸われて、下腹部に痺れるような熱が灯った。

舌が搦め捕られ、その動きに気を取られている間にワンピースが肩から落とされた。

「……ここで？」

下着姿の身体がソファに押し倒される。尊成の身体を避けて脚が大きく開くような格好になり、伊織は少し恥ずかしくなった。

「希望があればベッドに行く」

そう口にしながら、尊成は顔を下げて伊織の腹部に唇を落とした。温かくてぬるりとした感触が肌の上を移動する。太ももを撫でた手が脚の付け根へと移動していく。

その動きで伊織は尊成が口ではそう言いながらも、このままここで行為に及ぼうとしていることに気づいてしまった。

「シャワー、してない」

「俺は気にしない」

「私は気にするの。じゃあその……口でするのはなしね」

「できない相談だな」

恥ずかしさを堪えながら言ったのに、あっさりと却下され、その挙句、唇を塞がれた伊織は二の句までをも封じられた。キスの合間に文句を言おうとしたのに、下着の中に侵入した指の動きに翻弄されて伊織はそれどころではなくなってしまった。


「あ……」

スマホの画面に目を落とし、伊織は小さく声を上げた。

「どうしたんですか?」

休憩室の横に設けられている着替えスペースに一緒にいた、同じアルバイトの三田《みた》がその声に反応して顔を上げる。三田はいつもメイクばっちりの女子力強めな大学生だ。伊織は慌てて誤魔化すように笑った。

「旦那から連絡が来てて。ごめん。先に行くね」

「了解です。お疲れでーす」

「お疲れ様」

伊織は手早く着替えを済ませると休憩室を出て、美咲と統吾に声をかけてから店を出た。歩きながらいそいそとスマホを取り出す。

画面には尊成の番号が表示されていた。タップして伊織は耳にスマホを当てた。

「もしもし？　うん、ごめん。電話した？　ごめん、友達と話してて。うん、今日遅いって聞いてたから、ご飯食べてて。早く終わったの？　そう、私ももう帰るよ。うん、大丈夫。もう着くから。じゃあね。また後で」

短い通話を終えると、はあ、とため息をついた。

（どうしようかなあ……こういうことが続くとまずいよね）

最近、こういうことがちょくちょくある。こういうこととは、アルバイト中に尊成が電話をかけてきて、応答できない、という状況である。尊成から見て伊織の立場は専業主婦である。つまり、尊成は日中、伊織が家にいると思っている訳で。

尊成は基本的には用事がないと電話をかけてこなかったが、スケジュールが急に変更になることがあって、電話の用件は主にそれを伝えるためのことが多かった。

早く帰宅するときは伊織が尊成の分まで食事の用意をするので、気を遣っているのだろう。スケジュール変更で遅くなりそうだとなったときは電話やメッセージで伝えてくれる。今は珍しく逆パターンで、だから伊織は余計に焦ってしまった。

伊織は基本的に昼のシフトに入っている。そうすれば夕方ぐらいには帰ってこられるから、尊成が早く帰ってくるとなっても食事の準備に影響が出ない。けれどどうしても人がいないときに夜のシフトを頼まれることがあって、今日は尊成が遅くなることがわかっていたから、大丈夫だろうと思って引き受けたのだ。

アルバイトをしていることを伊織は尊成に言えていなかった。想像もしていないのではないだろうか。何不自由なく暮らせる、いやむしろ贅沢《ぜいたく》し放題できるぐらいしっかりと自分が養っている。金銭的に困っているはずがなく、伊織がアルバイトをする理由がない。

伊織がアルバイトをしていたのは、日中時間を持て余していたから、という理由もあったが、主には離婚後の将来を見据えていたからだった。自立するための資金にするつもりだった。

しかしもう、伊織は尊成と離婚することは考えていなかった。だから資金を貯める必要もなくなってしまった。尊成がアルバイトのことを知ったらどう思うだろう。自分に隠れてこそとされていたとなれば、嫌な気持ちになるかもしれない。それに説明もややこしくなりそうだ。

このまま電話に出られないことが続けばいずれ不信感を持たれる。その前になんとかしなければならないだろう。けれど、フェリーチェの事情もあるしすぐには辞められない。

（……あ、急がないとやばいんだった）

考え事をしながら歩いていた伊織ははっと我に返る。尊成より後に家に到着するのはなんだか気まずい。電車に間に合わせるため、伊織は駆け足になった。

「じゃあバイト辞めるの？」

「……うん、そうしようかなと考え中」

「まあ、そうだよね。うん、その方がいいよ。バイトしてること知られたら絶対厄介なことになるって」

その日の昼時、伊織は紫苑と会っていた。今日は気分を変えていつもの紫苑の家ではなく、雰囲気のいいカフェである。最近、テレビで露出が増えている紫苑は変装も兼ねているのか、デニムにカットソーというラフな格好で伊達《だて》眼鏡をかけていた。

伊織は手元に視線を落として、カップの中身のカフェラテをくるくるとスプーンでかき回した。そんな伊織を見ながら紫苑が珍しく躊躇いがちに口を開く。

「でも、いいの？　その、料理は。いつかお店出したいとか言ってたじゃん」

カップを両手で持って一口飲み、伊織は紫苑を見た。少し考えるように間を置いてからゆっくりと口を開く。

「……うん。よく考えたらさ、私、ただお店を出したいっていうよりも、フェリーチェみたいなお店をやりたいっていうのが夢だったんだよね」

カップをテーブルの上に置いて、伊織はそこで一旦言葉を切った。

「気づいたんだけどさ、それって代替手段だったのかなあって」

「代替手段？」

「そう。フェリーチェってスタッフみんな仲いいし、お店の雰囲気がすごく温かくて居心地がいいの。それって美咲さんがお母さんで統吾さんがお父さんで、一つのファミリーみたいな感じがするからじゃないのかなあと思ったの。二人とも懐が深いし、スタッフもお客さんもすごく大事にしていることが伝わるし。そういう場所を自分でも作りたかったのかなって」

伊織は自分の気持ちを吐き出すかのように、一気に喋った。

「……なるほど」

紫苑は言葉の意味を咀嚼《そしゃく》するように、顎に指を置きながら何度か頷いた。

「確かに、伊織って温かい家庭、みたいなものに対しての憧れがすごい強かったもんね。でも結局、政略結婚じゃそれは望めないから、代わりの手段を模索した結果ってこと？」

「うん。気づいてなかったんだけどそうだったのかなって。確かにもっと料理を覚えたい、勉強したいって気持ちはあるし、人に食べてもらうことに喜びは感じるんだけど……別にそれが一人でもよかったんだよね」

そうなのだ。尊成が伊織の作ったカレーを食べて美味しいと言って笑ってくれたとき、胸が詰まるほどの幸福感を覚えた。それで気づいてしまった。たった一人、寄り添える相手がいて、その人が美味しいと言って笑ってくれればそれでよかったのだと。求めていたのは、ただそれだけのことだったのだと。

「……そっかあ。よかったね。そう思える相手が見つかって」

そう言って紫苑が柔らかく笑ったから、伊織はなんだか胸がいっぱいになってしまった。目を忙しなく瞬きさせる。

「……うん。ごめんね？　せっかく一緒に住んでもいいって言ってくれたのに」

「それはもういいって言ってるじゃん」

ひらひらと手を振った紫苑は明るく言った。

「状況は変わるものだよ。私だって彼氏できちゃったし？　もしかしたら一緒に住んじゃうかもしれないし？」

「えっそうなの？　もう？」

紫苑は一応周囲を気にしたのか、『彼氏』のところだけ声を潜めた。

伊織は思わず大きくなってしまった声にはっとして、慌てて手で口を押さえる。

尊成がセックスしないことに伊織が悶々としてもだもだしている間に、紫苑はチョイ役で出たドラマで共演した、人気急上昇中の若手イケメン俳優と急接近し、あっという間に恋人関係になってしまった。紫苑は恋愛にかなり積極的なタイプなので、伊織はその行動力を素直に尊敬したものである。

「さすがにまだだけどね。でも続けばそういうこともあるかも。ほら、恋愛ってどうなるかわからないじゃない？　伊織だってエッチしてくれないってあんなに悩んでたのに、蓋を開けてみれば処女の伊織を気遣って我慢してくれてただけで、今じゃやりまくりじゃん？　イケメン御曹司のテクでイかされまくってる訳だし」

「ちょっ」

あまりの明け透けっぷりに焦った伊織は、慌ててシッとでも言うかのように唇に人差し指を当てた。

「声大きいよ？　今日は家じゃないんだから。こんな周りに人のいるところでする話じゃないでしょ」

「あはは。ごめんごめん」

あっけらかんと笑った紫苑を伊織は睨んでみせた。

「んで、バイトはいつ辞めるの？」

「まあお店の都合もあるからさ。なるべく早くとは思ってるんだけど。次に行ったときに相談してみようかと思ってて」

「あ、そうなんだ。何、旦那さんに気づかれそうなの？　やばそう？」

「そこまでじゃないんだけどさ……」

伊織は曖昧に笑った。

実はアルバイトを辞めることを考えた理由は離婚を考えなくなったからだけではな

い。伊織は自分だけが好き勝手していることになんだか罪悪感を覚え始めていた。

尊成は伊織に時間を割く以外は家でもほとんど仕事をしている。二社が合併してできた新しい会社のトップに就任した尊成には多大なる責任がある。失敗は許されない。斉賀と篠宮のホテル事業に関わる多くの人の生活がかかっているのだ。重圧はものすごいものだろう。

元々はライバル関係だったのだ。それを纏め上げるのにも相当な苦労があるはずだ。合併とはいえ、新会社の社長に斉賀の御曹司である尊成が就けば、篠宮側からすれば、自分たちは篠宮から切り捨てられ、斉賀に吸収されたのだという意識は拭えないだろうし、事実、それが否定しきれない状況もある。反発だって当然あるはずだ。

それらのことがすべて尊成の肩に押しかかっている。仕事のことはわからないとはいえ、伊織は篠宮の娘だ。全く関係がない顔はできないし、そんな気持ちにもなれない。

今にしてみたら『どうしても嫌だったら離婚』だなんて、どれだけ自分のことしか考えていない甘えた考えだったのだろうと思う。彼は、個人的感情はきっとすべて押し殺して結婚を承諾したはずだ。

自分だけがのほほんとしていていいのだろうか。もっとできることがあるんじゃないだろうか。尊成を見ているとそんな思いに駆られるようになっていた。

仕事をしているときの尊成は難しい顔をしていることが多いし、睡眠も足りていないように思える。伊織ができることなんてたかが知れているし、そんなに役には立たないかもしれない。けれど、せめて何か、少しでも彼の心労や負担を和らげてあげることができたなら――。

「ま、心苦しいよね」

「え?」

まるで自分の心の中を言い当てられたかのような言葉に、伊織は驚いて紫苑を見た。

「やっぱ好きな人には素直でありたいじゃん? 嘘をつくのが嫌なんでしょ?」

「ああ、うん」

確かに、それもある。尊成に嘘をついたり誤魔化したりするたびに、伊織の良心はちくちくと苛《さいな》まれた。まるで、騙《だま》しているみたい。けれど、離婚後のことを考えてアルバイトをしていた、なんて尊成にはもう言えなかった。

伊織は神妙な顔で頷いた。

明くる日、伊織はフェリーチェで昼のシフトに入っていた。午前十時から、午後五時まで。出勤してから忙しく立ち回り、バタバタとこなしていると、あっという間に終わりの時間が来た。そこで周囲に声をかけて着替えるために休憩室に向かう。

(美咲さん、忙しそうだな……)

フロアを見ると、美咲が忙しそうに立ち動いていた。それを横目で見ながら、やっぱり営業中は無理かな、別で時間を取ってもらおうかなと考えながら伊織は休憩室の扉を開ける。

休憩室は一角が扉付きのパーティションで仕切られていて、着替えスペースとなっていた。そこで着替えを済まして再び休憩室に戻ると、いつの間に来たのか統吾が立っていた。休憩室に置いてあるプリンターの前で身を屈めて何やら操作をしている。

「統吾さん、どうしたんですか?」

やっぱりだめか、とブツブツ呟いている統吾を見て、伊織はロッカーを開けながら声をかけた。統吾はちらりとこちらに視線を寄越すと、すぐにまたプリンターに向き合った。

「いや、この前からプリンターの調子が悪くってさ。壊れたみたいなんだよ。もしかしたらいけるかもと思って試したけどやっぱりだめだった。期間限定メニューのやつ作ったから印刷したかったのに」

カバーを開けてそこを覗き込んだ統吾はため息をつくと、頭をかきながら振り返った。

「あれ、お前今日もう上がりだっけ？」

「そうですよ」

ロッカーからバッグを取り出した伊織はスマホの通知だけ素早く見て、ほっと息を吐いた。よかった。今日は尊成から連絡は来ていない。

「では、お疲れ様です」

「あ、待って待って。ちょっとだけ時間ある？」

「え？　えーっと、ちょっとぐらいなら大丈夫ですけど……なんですか？　すぐ終わります？」

引き留められた伊織は怪訝そうに統吾を見つめる。こうやって統吾が何か用事がある風に引き留めてくるのはあまりないことなので、何事かと思った。

「終わる終わる。コンビニ行ってちょっとこれ印刷してきてくれないかなーって。あ、もちろん時給はつけていいから」

「ああ……」

なんだそんなことか、とでも言わんばかりに伊織は声を漏らした。

「いいですよ」

伊織の言葉に統吾の顔がぱあっと明るくなった。

「サンキュー。助かる。ちょっと待って、ＵＳＢ用意するから」

統吾は扉が開け放しになったままだった隣室に入っていく。そこは狭いが一応事務室になっていて、パソコンが置いてあるはずだった。

すぐに戻ってきた統吾は伊織に「はいこれ」とＵＳＢメモリを渡した。伊織は手の上のそれを見つめると、思いついたように口を開いた。

「これってすぐに必要なんですか？」

「え？　ああ、そういう訳じゃないんだけど、すぐに印刷しとかないと忘れそうだから」

「あ、そうなんですね。じゃあ持って帰って家のプリンターで印刷してきてもいいですか？　そしたら印刷代も浮きますし」

その言葉に統吾は驚いたように伊織を見た。

「いや、そんなの悪いしいいよ。お前ん家のプリンターのインクとか用紙とか使う訳じゃんか。手間もあるし。それをしてもらってタダって訳にはいかねえよ」

「あー……、うちのプリンター、インクと用紙が有り余ってるんで大丈夫です。滅多に使わないのにちょっと買いすぎちゃって」

伊織はにっこりと笑った。

尊成と住んでいる今の家は、伊織が特に注文をつけなかったせいもあるのか、家電や家具がなんでも一通り揃えられていた。プリンターもその一つで、パソコンに至っては、デスクトップとノートと二つもある。

これらは普段、リビングの机付き収納棚に納まっているが、尊成が使っているところは見たことがないのでどうやら伊織用のものらしい。けれど、伊織は全く使っていない。ノートパソコンだけ、取り出してたまに使っているが、他はスイッチすら入れていなかった。けれどインクと用紙はストックまで用意がされていた。だから有り余っているのは本当で、せっかくなのでと、ついつい親切心が湧いてしまったのだ。

「むしろ使いたいぐらいなんで、ぜひ家で印刷させてください。これ、持って帰っても大丈夫ですか？」

「お、おお……本当にいいのか？」

「お任せください。次のシフトまでに持ってきますね。何部必要ですか？」

「じゃあ、カラーで三十」

「了解です」

「悪いな」

普段はおおざっぱなのに変なところで遠慮しがちな統吾に、伊織は安心させるように笑ってから「ではお疲れ様でした」と言って休憩室を出た。

そのまますぐ帰ってもよかったのだが、一応美咲を探して伊織はフロアを見渡す。するとちょうどバックヤードに向かって歩いてきた美咲と目が合った。

「お疲れ様です」

「お疲れ様」

伊織があの、と次の言葉を言いかける前に、引き留めるように美咲が伊織の腕に触れた。

「もう帰らなくちゃだめ？　ちょっと話があるんだけど」

「大丈夫、ですけど……？」

自分が切り出そうとしたことを美咲から持ちかけられて、伊織は驚いたように目を瞬いた。

「伊織」

肩を揺すられて伊織ははっと目を覚ました。

「あれ、私」

自分が眠ってしまっていたことに驚いて、伊織はむくりと身体をソファから起こした。屈み込んで伊織を見ていた尊成と目が合う。

「寝てた……？」

あの後、フェリーチェから帰ってきて、プリンターを引っ張り出して頼まれていた印刷をしたり、軽く料理をしたりしていたらあっという間に時間が過ぎて、ちょっと一息とソファに寝っ転がって尊成を待っている間にどうやら眠ってしまったらしい。

壁にかかっている時計を見ると、十一時を少し過ぎていた。

「今帰ってきたの？　遅かったね」

乱れた髪を直しながら言うと、尊成は若干疲労を滲ませた顔で頷いた。

「ああ。ちょっといろいろあって」

「そっか。お疲れ様。ご飯は？」

「軽く済ませてきた」

「何か食べる？」

「いや、いい」

「じゃあお風呂だね」

尊成は疲れているみたいだし、入浴を済ませてもう寝た方がいいだろう。そう判断して、伊織は点けっぱなしだったテレビを消した。寝室に移動する途中、尊成がちらりとキッチンに目を向けた。

「何か用意していたのか？」

調理台に鍋が出ているのが見えたのだろう。伊織は首を振った。

「スープだけだよ。帰ってきてから何か食べたくなるかもしれないかなって思っただけ。でも、朝食べればいいから」

話しながら寝室へ入る。尊成はネクタイを緩めながら伊織の腰を抱き寄せた。

「伊織。ありがとう」

顔を傾けた尊成が伊織の唇に自分のものを重ねる。尊成はキスをしてくるタイミングがうまいと思う。見ていないようで、見ている。気にかけている空気などまるでないようで、気にしてくれている。要はそういうことなのだと思う。だって伊織が望むタイミングでいつもキスをしてくれるのだ。

伊織は尊成の背中に手を回してぎゅっと抱き着いた。実は既に入浴を済ませているのでメイクは落としている。だから気にせずその胸に顔を埋めた。

「お礼言われるようなことしてないよ？」

「そんなことないだろ」

伊織が胸から顔を上げると、尊成がこちらを見下ろしていた。自然と視線が合う。

「……伊織」

「何？」

伊織は不思議そうに尊成の目を見つめた。尊成は表情をあまり変えないけれど、一緒にいるうちに、今、どんな気分か、ぐらいは伊織もわかるようになってきていた。

けれどこのとき、尊成が何を考えて伊織の名前を呼んだのか、伊織はその表情から窺い知ることができなかった。違和感を覚えて、その顔をじっと見る。

「いや、なんでもない。風呂に入ってくる」

尊成は薄く笑ってもう一度軽くキスを落とすと、するりと伊織から身体を離した。

その後ろ姿を伊織は狐《きつね》につままれたような顔でぼんやりと見送った。

（どうしたんだろ。疲れてるのかな）

言葉に出すほどではないが、何か、本当にうっすらと、心に引っかかるものを感じながら伊織はベッドへと足を向けた。

第七章

「おーい、これ、七番持ってって」

「はーい」

その日のランチタイム、店内はひどく混雑していた。伊織は細々と動き、テーブルとキッチンを往復する。近くに大きなオフィスビルがいくつかあるおかげでフェリーチェは平日のランチタイムも混雑する。嵐のような時間を終えて、休憩に入った伊織は出された賄いを食べた後、出勤してきた三田と一緒にまたフロアに戻った。

「これ今日から出すからさ、セットしてくれる？」

そこにキッチンから出てきた統吾に声をかけられた。見れば紙の束を持っていて、それを手渡される。

「わ、限定メニューですか？　サーモンのパスタめっちゃ美味しそう」

横から覗き込んだ三田が明るい声を上げる。伊織はにこっと笑った。

「わかりました。前のものと入れ替えていいですか？」

「おう。昨日の閉店後にやろうと思って忘れてた。悪いけどディナー始まる前までに頼むわ」

「わかりました」

伊織は頷くと三田の方に顔を向けた
「私これ、ファイルに入れてくるね」

「はーい。じゃあ私、フロアに出てます」

伊織は三田と別れて休憩室に戻った。フェリーチェは通常メニューの他に期間限定メニューを出していて、その内容は季節ごとに変わる。ちなみに、先ほど統吾から渡された紙の束は一週間ぐらい前に伊織が自宅でプリントアウトしてきたものだった。伊織は休憩室に置いてある棚からファイルの束を取り出すと、テーブルで薄いファイルに一枚ずつ紙を入れ込む作業に取りかかった。

「よし」

席数分とついでに予備分を作ると、余った紙は余ったファイルと一緒に棚に戻してわかりやすいところに置いておく。伊織はでき上がった完成形のメニューを手に持って休憩室を出た。

今度は、ディナータイムのメニュー表の中に差し込まれている今までのものと、今作ったものを差し替えなくてはいけない。伊織はメニュー表が置かれているカウンターの奥に向かった。

「ちょっと、伊織さん！」

伊織がメニュー表を取り出して横の作業台に積み上げ、差し替えを行っていると、妙に興奮した様子で三田が伊織に近づいてきた。

「どうしたの？　三田ちゃん」

「やばいです！　久しぶりにレベル高めの人が来ましたよ」

その含みのある顔を見て、伊織はぴんときた。にやりと口元に笑いを浮かべる。

「イケメン？」

察しのいい伊織に嬉しそうに三田は頷いた。

三田は自他ともに認めるイケメン好きなのである。一緒にフロアに出ているときは店にイケメンが来ると、伊織にいそいそと報告してくる。もちろんそれは店に余裕があるとき限定だが、忙しいときは、後で『あのお客さんイケメンじゃなかったですか？』と事後報告までしてくれるほどである。

「大正解です！　たぶん三十代。イケメンリーマンですよ。デキるビジネスマンって雰囲気であういう大人イケメンもまたいいですね。身につけてるものも高そうでお金も持ってそうな感じ。私が見た中でもかなりのハイスペックですよ、あれは」

「ふーん」

伊織は相槌を打ちながらも内心では首を傾げていた。ランチも終わった今、ディナーまでの今の時間はいわゆるアイドルタイムである。メニューはドリンクとケーキ、軽食ぐらいが中心で、来店するのはカフェ感覚で利用する人が多い。そんな中、ビジネスマンというのが少し珍しい気がしたからだった。

「ふーんって、伊織さん、興味なさすぎ。ここまで言われたら普通すっ飛んでいって顔を拝みますよ。ほんと、顔面にこだわりないんだから」

「そんなことないよ。私も普通にイケメン好きだよ？」

伊織は苦笑いを浮かべた。普段から尊敬を見ている伊織は、少し、そのあたりの感覚が麻痺《まひ》してしまっている自覚がある。それは尊成のせいだけではなく、遡れば、昔に紫苑の兄の理人を間近で見てしまったことに端を発しているような気もした。ただ顔が整っているだけでなく、あそこまでキラキラしたオーラを放っている男性を、伊織は今までに見たことがない。あのときに伊織のイケメン基準値がぐっと上がってしまったのかもしれなかった。

「三田ちゃんだってさ、彼氏イケメンなんだから、そこまで他のイケメンを探し求めなくてもいいんじゃないの？」

伊織は前に写真を見せてもらった三田の彼氏の顔を思い出しながら言った。ちょっとチャラそうな感じはあったが、目鼻立ちの整った顔は十分にイケメンであった。

「それとこれとは話が別なんです。ほら、伊織さんも試しに見てきてくださいよ。伊織さんも驚くぐらいのイケメンですよ。それ、代わりますから」

「えー……」

伊織が持っていたメニュー表をやや強引に手から取った三田が、顎でフロアの方を指し示す。伊織は苦笑いを浮かべながらも仕方なく「わかったよ。三田ちゃん一押しイケメン拝んでくる」と言って三田に代わるためにやや急ぎ足でカウンターから出た。

この時間、フロアにいるスタッフの人数は少ない。今日は特に人手が足りなくて、いつもこの時間はキッチンの仕込みを手伝っている伊織も今日はフロアだ。三田がいなくなってしまったら早く出ないとフロアを見る人間がいないのではと思ったのだ。

「あ、伊織ちゃん、九番呼ばれたから行ってくれる?」

「はい」

案の定、レジにいた美咲から声がかかって伊織は急ぎ足で目的のテーブルに足を向けた。九番の席は窓際で、目的のテーブルにはスーツ姿の二人組が向かい合って座っているのが見える。あのどちらかが三田の言っていたイケメンか、と思った瞬間、中途半端に下がったブラインドの隙間から差し込む日の光をまともに見てしまい、伊織はその眩《まぶ》しさに思わず目をぎゅっと瞑った。

(眩しいなあ。あのブラインド後で全部下ろしとくか)

視界の一部が暗くなったが、瞬きをしながらそれでも足は止めずに目的のテーブルまでまっすぐ歩いていく。店内はランチタイムの混雑が嘘のように空いていて、周囲のテーブルには誰も座っていなかった。だから伊織は注意を払って歩く必要がなかったのである。

足を動かしながら腰エプロンのポケットを探った。そこにオーダー票が挟んであるクリップボードが入っているからだ。手に触れたそれを引っ張り出そうとしたが、どこかに引っかかったのか出てこない。仕方なく伊織は顔を下に向けてごそごそとポケットの中で手を動かした。

ようやくクリップボードが引っ張り出せたとき、目的のテーブルはもう間近だった。伊織は顔を上げた。そこでこちらに向かって座っている、スーツ姿のその男性客の顔を初めてまともに見た。

「え……」

本当は、お待たせしました、と言うつもりだった。しかし、伊織は言葉を失ったまま、目を見開いて表情を凍りつかせた。

どくん、と心臓がとても強く脈打った。それはまるで、伊織の受けた衝撃の強さを表しているみたいだった。

「……なん、で」

わなわなと唇が震える。その人物がそこに座っていることがとても信じられなくて、目の前の状況が理解できなくて、伊織の頭は真っ白になっていた。何も考えることができなくて、今がアルバイト中だという状況も忘れ、ただ呆然と立ち尽くす。

「伊織」

感情の一切を消したような声で、無表情にこちらを見ていた尊成が伊織の名前を呼んだ。

「出してくれ」

伊織が乗り込むと、滑らかにその車は動き出した。伊織はぎくしゃくとした動きで膝にバッグを置くと、ぎゅっとそれを握りしめる。

(うわあ、すっごい気まずい……)

隣に座る尊成から冷気が放たれている気がして、伊織は思わず身を縮めた。

いきなり店内に現れた尊成に、伊織は驚きすぎて、ほぼ思考停止状態になってしまった。そんなフリーズ状態になった伊織を見ながら、尊成はスーツの内ポケットから一枚の紙を取り出して、静かにテーブルに置いた。

おそらく尊成は伊織の『なんで』の質問に答えたつもりだったのだろう。それを見た瞬間、伊織は大体の状況を把握した。

その紙には、【フェリーチェ期間限定メニュー】と書いてあった。伊織が自宅でプリントアウトしたものと全く同じものだ。ただ、若干、端っこの文字のインクがかすれてしまっている。

自宅でプリントアウトしたとき、伊織は試し刷りをしたのだ。振り返って考えてみれば、そのときの紙を捨てやすいように折り畳んだ記憶はあるが、実際に捨てた記憶がない。おそらくカウンターにでも一旦置いておいて、後で捨てようと思ってそのまま忘れて放置したのだろう。それが、伊織が再び気づく前に、尊成の目に入ったのだ。

店名と並んでいるメニュー名からイタリア料理店ということは察せられる。ちょっと検索すれば場所はすぐわかるだろう。

尊成は伊織が大体を理解したことを察知したようだった。その紙をまた内ポケットにしまうと、他には何も言わずに淡々とコーヒーをオーダーした。

ちなみに尊成の向かいに座っていたのは秘書の神崎だった。神崎はコーヒーとケーキをオーダーした。そのあたりで伊織も我に返り、上辺だけなんとか取り繕って仕事に戻ったが、正直、その後はもうほとんど心ここにあらず状態だった。

普通に接客は行えていたと思うのだが、三田はすぐに伊織の異変に気づいた。というか、『イケメンどうでした？』と聞かれたその質問に対してのリアクションが既に挙動不審だったのだろう。伊織さんがイケメンに魂を抜かれた、と驚かれ、しまいには心配までされてしまった。

尊成は特に何かを言うために来た訳ではなさそうだった。ただ、なぜその紙が家に置いてあったのか、どう伊織と関係があるのか、確認したかっただけなのかもしれない。その証拠にコーヒーを一杯飲むと、すぐに帰った。

ただ、帰り際に何時に終わるのかだけ確認された。伊織は五時だと答えた。すると、近くで待っているから終わったら電話するように言われた。言われた通りに店を出て電話をすると、見慣れた黒塗りの車がどこからともなく現れ、ハザードを点けて伊織の目の前で停まったのだった。

伊織はおそるおそる尊成に視線を向けた。

尊成は珍しく仕事はしておらず、窓の外を見ていた。その横顔は何かを考えているようにも見える。伊織はごくんと唾を飲み込んだ。

「……ごめんなさい」

伊織は小さな声でそう言った。助手席に神崎は乗っていない。どうやら帰ったようだ。しかし運転手はもちろんいるので、そちらに配慮して伊織はトーンを抑えた。そのせいもあったのか、出た声は少しだけ震えていた。尊成がゆっくりとこちらに視線を移す。

「なぜ謝る？」

その感情の籠らない声に、頭の芯がすうっと冷えていくような感覚があった。

——なぜ？

どうしてそんなことを聞くのだろう。伊織の瞳が揺れる。そんなの、当然ではないか。黙ってアルバイトをしていたなんてけっこうな隠し事だと思う。普通の夫婦だったら言うべきことだ。

不信感を抱かせてしまった。だから尊成だって確かめるために来たのではないか。その結果がこれだ。わざわざ仕事を抜けてまで来て。

彼は今何を考えているのだろう。驚きはしたと思う。けれど、その後にどんな感情になったのだろう。呆れ？　失望？　怒り？　悲しみ？　確かめるようにその表情を見つめても、伊織にはその内面を窺い知ることはできなかった。

じわじわと胸の中に広がっていた不安がまたその色を濃くする。ずん、と腹のあたりが重くなるような感覚に襲われた。

「働いていたことを、黙っていたから。本当は言わなくてはいけないと思ってたの」

でも、今すぐに言う気はなかった。尊成に理解してもらう自信がなかったから。尊成は伊織のことを大事にしてくれているとは思う。好かれている感覚もあった。けれど、一体自分のどこを気に入ってくれたのか、その部分に関しては、伊織は尊成のことを理解できていなかった。

御曹司でエリート。容姿もよくて頭もよくて、能力もある。一見冷たいけれど、優しくて思いやりもあると思う。包容力もある。言葉が足りないところはあるが、聞けばちゃんと説明してくれるし、そこからは配慮もしてくれる。人間だからもちろん欠点はあるが、それを補っても余りある魅力を彼は持っている。世間的、一般的に見てもそうだろう。

だからこそ、わからなくなる。自分は彼に大事にされるほどの魅力があるか？　さすがに魅力が全くないとは言わない。けれど、伊織じゃなくてはだめだと、君だけだと、言われるほどの魅力があるか、愛されているかと言われると自信がなかった。

一緒にいるときはそうでもない。けれど一人でいるときに無性に不安になるときが、たまにあった。

だから結局、惰性もあるのかと思っていた。『すごく好きな訳ではないけど嫌いでもない』――表すとするとそんな感情だ。要は、やめたいと思うほど、致命的に合わない訳ではなかったから。一緒にいて苦痛ではないから。積極的な選択肢ではなく、消去法の結果論。

伊織が尊成に黙っていた理由は結局のところ、それが一番だったのだろう。すべてを受け入れてもらえているようで、そんなのは結局のところ伊織の思い込みではないのか。尊成が何も言わないから、勝手にそう思っているだけ。彼が受け入れられないことが起きたら、呆気なく終わる関係なのかもしれない。

どこかでそんな迷いがあって、すべてをさらけ出すことができなかった。

――しかし。

こうなった以上、もうそういう訳にはいかないだろう。伊織は腹を決めて静かに息を吸い込んだ。

「働き出したのは、四ヵ月前ぐらいからなの。あの店は……大学時代にバイトをしていた店で」

「バイト？」
尊成が驚いたような顔をした。それはそうだろう。伊織は社長令嬢で、立場的には
アルバイトなどは全くしなくていい立場だ。伊織は誤魔化すように笑った。
「その、社会勉強の一環で、していたの。高校まではいろいろと制約されていたし、
狭い世界の中でしか生きてこなかったから、別の世界を知りたくて。家族には……内緒で」
「……そうか」
尊成が意外そうに目を瞬く。
「実は、私が料理を好きになったのは、そこでの経験があったからなの。キッチンの
手伝いをさせてもらって、いろいろと教えてもらった。それで、すごくお世話になって」
尊成のリアクションの一つ一つに過敏に反応してしまいそうになるのをぐっと堪えて、伊織は話を続けた。
「結局、大学卒業まで、そこでバイトをしてたんだけど、その後もオーナーご夫婦の
奥さんと仲よくさせてもらってて、結婚して時間を持て余していることを話したら、
お店の人手が足りてないから時間のあるときにバイトに入ってくれないかって頼まれ

て……それで、手伝っていたの」

伊織は言い終わるとちらりと尊成の表情を窺った。するとそこで、それまで黙って伊織の話を聞いていた尊成が、表情はそのままでおもむろに口を開いた。

「なるほど。事情はわかった」

「……ほ、本当に？」

思ったよりもあっさりと納得されて、伊織の顔が肩透かしを食らったようなものになる。

「ああ。突然店に来たりして悪かった」

まさか謝られると思わなくて伊織は慌ててしまう。しかし、その物わかりのよさに伊織は訳もない不安感を覚えた。

その伊織の心を知ってか知らずか、尊成は淡々と続けた。

「日中に電話をしてもあまり繋がらないことに疑問を持っていたが解決した。まさか働いているとは思わなかったが、どうしてあの紙が家にあったのか、気になって確かめたくなった」

「別にそれは、大丈夫」

伊織はふるふると頭を振る。すると、尊成の眼差しがすっと真剣さを帯びた。空気が微妙に変わった気配に伊織の心臓がどくんと波打つ。

「今さら責めるつもりはないが、話してくれてもよかったと思う。俺は別に伊織の行動を制限するつもりはない」

「……ごめんなさい。その、手伝い始めたときは、そういうことを気軽に話せる関係じゃなかったから……。ほとんど顔を合わせていなかったというか、お互いの生活に干渉しないということになっていたから、別に話さなくてもいいと思って」

「ああ……」

当時を思い出したのか、尊成が曖昧に頷く。伊織はやや早口で次の言葉を続けた。

「その後もなかなかタイミングがなくて。というか、こう、距離が近づいていくほどに、言いづらくなってしまったというか、どこまで理解してもらえるのかわからなかったし……」

しどろもどろになってしまった伊織は、自分が言い訳を並べていることに気づいてそこで口を噤《つぐ》んだ。困ったように眉を寄せる。

「俺に辞めろと言われると思った？」

尊成が首を傾けて伊織の顔を覗き込む。

「そ、そういう訳じゃないの」

伊織は慌てて首を振った。

「でもどう思われるのかが怖かったというのはあると思う。すぐにお店を辞めるのも難しいし。私、お店の人にはすごくお世話になったし、それに、私自身もあそこで働くのは楽しいし苦じゃないし、お店が好きだから、その、あまり迷惑かけることはしたくなくて。だからそれで、時期を見ていたというか」

言葉を足せば足すほど、言い訳じみてしまっている気がして、伊織はなんだか泣きたくなった。こんな説明じゃうまく伝わらない。尊成の視線が痛い。決して責めるような雰囲気ではないのだが、淡々とされると、尊成が納得できるきちんとした説明ができていないような気持ちになった。

「ほ、本当は、結婚生活であなたとわかり合えなかったら家から離れて自立することも考えていたの。当初働き始めたときはそういうことも考えての上だったから言いにくかった……こともあって」

溢れるように口をついて出た言葉に伊織ははっとなった。まずい。焦るあまり余計なことを言ってしまった気がする。

自立資金を貯めるためだったことは言わないでおこうと思っていたのに。

（……まずかったかな？）

ついついうっかり余計なことまで口にしてしまう自分の性格を忘れていた。顔に血が集まってくるのを感じながら、伊織は引きつった表情で尊成が何かを言う前に慌てて口を開いた。

「で、でも、それはそのときの話で今はそんなこと全く考えてないから。そのときはほら、まだ話すことも全然していない時期だったでしょ？　あなたもほとんど家にいなかったし」

取り繕うように言葉を発するが、それさえも上滑りしていくようで、伊織の心臓はバクバクと速いリズムを刻む。手先だけ冷えていく感覚に汗ばんだ手を握りしめた。

すると、じっと伊織を見ていた尊成がまるで伊織を落ち着かせるように、その手の上に自分のものを重ねた。包み込むような温かい感触に伊織の身体からふっと力が抜ける。

「伊織。少し落ち着いた方がいい。俺は状況を大体理解したつもりだし、無理に辞めろと言うつもりはない」

「ううん。実はもうお店の人と話して、辞める相談をしているの。あ、あなたのことだけが原因じゃなくて、それはお店に新しい人が来ることになったというのもあるからなんだけど。だからこの機会に辞めさせてもらおうと思ってて」

これは本当だった。少し前に美咲に帰りがけに『話がある』と言われたことがあった。そのときの話は今後のことだったのだ。

フェリーチェは伊織に手伝いを頼む一方で求人も出していた。なかなか応募がなかったが思いきって某有名求人サイトで募集を出したところ、一気に応募が来たらしい。

それで、どのぐらい人を雇うか迷っているらしかった。

人がいない間の応援として伊織にヘルプを頼んでいたから、今後どうしたいか聞いてくれたのだ。今のまま働いてもいいし、シフトを減らしてのんびり働いてもいい、期間限定でしか働くつもりはなかったのなら、辞めてもいいということだった。

あまりに配慮してくれるので、伊織もちょっと迷ってしまったのだが、やっぱり潔く辞めることにしたのだ。今月いっぱいなので、実はあと二週間ほどで伊織はフェリーチェを辞めることになっていた。

そのことを詳しく話そうと口を開きかけた瞬間、尊成が先んじるように言葉を発した。

「そんなことはしなくていい」

「え？」

普段よりも強めな口調に、伊織は虚をつかれたように尊成を見る。どくんと心臓が嫌な音を立てた。

「それ、って――」

どういうこと、と伊織が続けようした次の瞬間、車内にバイブレーションの低い音が響き渡った。

「悪い」

尊成がスーツの内ポケットからスマホを取り出す。画面を見ると、伊織に一言断ってその電話に出た。

「はい。……ああ、そうだ」

どうやら仕事の電話らしい。少し険のある表情に切り替わった尊成の顔を見て伊織はそのことに気づく。そこで伊織は今の状況をようやく思い出した。尊成はおそらく仕事を抜けてここに来ているのだ。邪魔だけは絶対にしてはいけない。

気づかれないように小さく息をついて、伊織は窓の外に視線を向けた。

（……今のってどういう意味？）

見れば既に自宅マンションの近くまで来ているようだった。伊織は複雑な表情で見慣れたその景色を見つめた。

はあ、と伊織はため息をつきながらお鍋の中のオニオンスープをかき混ぜていた。

（なんでもうちょっと冷静に話せなかったかなあ）

昨日の車内で尊成と交わした会話を思い出すたび、伊織は激しい後悔に襲われる。

それと同時に、たとえ冷静に話したとしても結果は同じだっただろうという結論が浮かぶので、伊織の心はかなり暗く淀《よど》んでいた。鬱積するものを少しでも吐き出そうとするかのように何度もため息をつくが、そんなことでは全く気持ちは晴れない。

（……好きなようにしていいって、勝手にしろってこと？）

昨日別れ際に尊成から言われた言葉を思い出す。マンションに着く頃に尊成は電話を切ったが、すぐに会社に戻らなくてはいけないと言って、伊織と話せたのは少しだけだった。

そんなことはしなくていいとはどういう意味なのか、意を決して聞いた伊織に尊成はこう答えた。

『俺に気遣いをして無理に辞める必要はないということだ。俺は伊織の行動を制約するつもりはない。好きなようにしてほしい』

確かに、尊成はこれまでも伊織に何かを強制したことはないし、気持ちを押しつけてくるようなこともない。それが尊成のスタンスなのだろう。これまでの彼の態度からも納得できるし、伊織だってぎゅうぎゅうに束縛されるのはしんどいから、これはこれでありがたい。それは本心だ。

けれど、妙に突き放されたような気持ちになるのはどうしてだろう。裏を返せば、それは『勝手にしていい』と同じ意味なのではないか。伊織のすることに関心がないとも取れる。だから好きなようにしていい、なのではないか。

「……まさか、そんなことないよね」

思わず呟いて、伊織はその言葉の意味に押し潰されそうになった。

わからない。けれどあまりにあっさりしすぎている気がする。ずっと黙っていたのだ。隠し事をしていたのは自分なのに、伊織は尊成の態度に疑念を持ち始めていた。

普通はもっと何か思うところがあるのではないか。例えば自分だったらけっこうショックだと思う。信用されていなかったのかと感じて、あんなに簡単に受け入れられない。そんなことを鬱々と考えて、尊成の態度の理由を考えているうちに伊織は嫌な考えに行き当たっていた。

離婚までのリミットとされた六ヵ月はもうすぐそこまできている。伊織は尊成と一緒に寝るようになったあたりから、離婚をするという気持ちはなくなっていて、気持ちが通い合ったと感じたときに、『離婚はしない』はほぼ決定事項になったと思い込んでいた。

――けれど。

そのことについて、二人で話したことはない。つまり、それが二人の共通認識であったかどうかは、伊織は尊成に確かめていないのだ。

もしも、尊成に結婚を継続する意思がなかったとしたら。

(そんなことってある?)

例えば、伊織は『どうしても嫌だったら離婚してもいい』という条件で結婚した。これは裏を返せば『嫌にならなかったら離婚はしない』ということになり、だからこそ伊織は『離婚はもうない』と思っていた。

けれど、尊成もその条件で結婚したかどうかまでは聞いていない。父親と尊成との間で離婚についてどういう取り決めがあったのか、伊織は知らないのだ。

もし、尊成が、ただシンプルに、『六ヵ月経ったら離婚』という条件で合意していたら? 他にはなんの条件もなく、ただ六ヵ月経ったら離婚をする。会社の合併まで、伊織の祖父の目くらましを目的とした完全なる契約結婚。

となると、尊成にとってはどちらでもよかった。伊織と歩み寄っても寄らなくても。

ただ、相手が歩み寄ってきたら無下にはできない。どうせなら波風を立てずに六ヵ月を過ごしたい。ギスギスして過ごすよりも、それなりに良好な関係の方がいい。

もしくはほんの気まぐれ。尊成だって男だ。幸い伊織に対して悪感情はない。そういう流れになったから、別に嫌じゃなかったから、セックスした。

どうせなら楽しんで過ごした方がいい。向こうだって期間限定の関係だってことはわかっているだろう――。

思えば歩み寄りもキスもセックスも、発端となったのは伊織の言動からだった。考えようによっては、尊成はそれを受け入れただけ、とも取れる。

いつも落ち着いていて、淡々としていて。それが尊成の性格だと思っていたが、単に一歩引いて伊織に接していたのでは？

「……いやいや、そんなこと」

被害妄想だよ、と心の中で打ち消しながら伊織は軽く首を振った。

けれど、そう考えるとしっくりくることがあることに思い当たってしまった。

例えば、伊織たちが離婚前提であることを、兄の唯史が知っていたこと。こちらは家族だから父親がうっかり話してしまっただけかもしれないが、尊成の叔父も知っていたのではないか、と思われる節もある。叔父から向けられた、妙に含みのあるあの目線。そしてあの態度。あれはまるで『俺は知っている』と言わんばかりではなかったか。どうにもそんな気がしてならなかった。

離婚が不確定のものなら周囲にはできるだけ話さない方がいいが、決定していることだったら、来るべき日に備えて根回しをしておく必要はあるはずだ。

そんなこと、考えもしなかったのに、一度そう思えば、それがあたかも真実のように胸に迫ってくる。

――離婚前提で考えているから、伊織が店を辞めようが辞めまいが構わないのでは？

そんな考えすらちらつき始めていた。いや、尊成は最初に店を辞める必要はないと言ったのだ。本当は、むしろ店を辞めてほしくないのではないか。

自分のために辞めてもらっても、もう意味をなさなくなるのだから。

こんなこと考えない方がいい、やめた方がいいと思いながらも、伊織は昨日尊成と別れてから、ぐるぐると嫌なことばかりを考えている。

けれどどれだけ自分の中で考えていたって答えは出ない。だから伊織の悩んだ挙句の結論は、尊成と離婚についてお互いの認識をきちんと話さなくては、だった。

結局、フェリーチェを辞めるかどうかだってまだきちんと結論を話せていない。

――と、伊織は覚悟を固めて尊成の帰りを待ち構えていたのだが、あいにくなことに尊成が昨夜帰ってきたのはだいぶ遅い時間だった。

もしや仕事を抜けて店に来たからそのせいで遅くなったのでは、と思えば伊織には何も言えない。そして、今日は朝も早くに出かけていった。もしかすると何か立て込んでいるのかもしれない。だからといって、出かける前のちょっとの時間や、疲れて帰ってきた後にするような話ではないだろう。

時間を取ってきちんと話をしなければならない。

何せ、離婚までのタイムリミットはもうすぐそこまできているのだ。

そのとき、キッチンカウンターの上に置いてあったスマホがブルブルと震えた。伊織ははっと顔を上げると、急ぎ足で歩いていってスマホの画面を表示させた。

【今日は遅くなる】

尊成からのメッセージだった。いつもだったら電話でそれを伝えてくれることもある。だけど今日はメッセージだった。尊成だってそのときの状況というものがあるのだから、別にたいしたことではない。それなのにそういうことがいちいち気にかかってしまう。

「……はあ」

伊織はまた大きなため息をついた。キッチンに戻って鍋の火を止める。

「今日はもういいや」

一瞬にして食欲が失せてしまった伊織は、料理をする気力さえもなくなり、ソファに行ってそこに突っ伏した。


「……まだだ」

伊織はスマホの画面を見て呟いた。

表示されているのは尊成からのメッセージ。ここ数日毎日見ている【遅くなる】の文字。

どうやらトラブルか何かがあったらしい。その対応にあたっているのか、尊成は帰宅が遅い日が続いていた。

伊織は暗い顔でスマホをローテーブルに置くと、クッションを抱えてソファにごろんと横になった。

(今日こそ話せると思ったのになあ……)

伊織はぼうっと白い天井を見上げた。

そもそも顔を合わせる時間自体が減っているのに、そんな中、込み入った話を切り出すことはできず、伊織は尊成とまだきちんと話ができていなかった。ここ最近、尊成との間で交わしたのはちょっとした日常会話ぐらいだ。

本当は早く安心したい。伊織がただ余計に勘繰りすぎただけ。離婚なんてそんなこと、する気はないとはっきり言ってもらって、この心を重たくさせている不安の塊を取り除いてほしい。けれど、その伊織の願いは叶っていなかった。

だからなのか、被害妄想は余計にひどくなるばかりだ。過去の言動を思い出しては、あのときもこのときも、こう言っていたのは離婚前提だったからなのではと考えて、完全に負のスパイラルに陥っていた。

しかもその心の状態が体調にまで影響を及ぼし始めているのか、伊織はここ最近ずっと食欲がない。一応お腹は空くが、いざ食べようとするとなぜか箸が進まないのだ。胃も軽くムカムカしていて、もしかしてストレスで胃がやられてしまったのではないかと思えば、自分はこんなにナイーブだったのかと情けなくすらなっていた。

「寝よ……」

アルバイトが入っていればまだ気が紛れる。けれど、あいにく今日は休みだ。紫苑に話を聞いてもらおうかと思ったが、連日撮影の予定が入っているらしい。伊織はのろのろと起き上がると、寝室に向かった。

食欲が減退すると同時に増えたのが睡魔だった。あまり食べていないせいなのか、伊織は妙に疲れやすくなっていた。まだ日も落ちていないのに、ベッドに横になった伊織は、しばらくすると微睡の中に落ちていった。


「伊織」

身体を軽く揺さぶられて瞼がぴくりと震える。やがてゆっくりと目を開けた伊織は、まだ覚醒していない顔で瞬きを繰り返しながらぼんやりと視線を彷徨わせた。

頭がひどくぼうっとして、身体を起こすのがとても億劫《おっくう》に感じた。

「おか……えり。いま、かえってきたの？」

「ああ」

「なんじ？」

「十一時を過ぎたところだ」

「え」

（もうそんな時間？）

どうやらだいぶ眠っていたらしい。ちょっとお昼寝ぐらいのつもりだったのにさすがに寝すぎではないか、と伊織は内心驚いた。

ぎしりと音が鳴る。尊成がベッドに腰を下ろして横たわった伊織を見下ろした。

「いつから寝ていた？」

「……夕方かな？」

「夕方？」

尊成の顔が驚いたものに変わる。

「……そんなに？　もしかして夕飯も食べていないのか？」

尊成のリアクションが思った以上に大きくて、あまり素直に言わない方がよかったかなと思いながらも伊織は曖昧に頷いた。

「あ……そうかも」

「何か食べるか？」

「……もう、いいかな」

少し考えてから伊織は首を振った。それからゆっくりと身体を起こす。寝すぎたのか、それとも昼に軽く食べたぐらいであまり食べていないからか、身体が少しふらつく。尊成がすかさず背中に手を回して上半身を支えた。

「体調が悪いのか？」

案じるような視線を向けられて、なぜだか不意に、胸がぎゅっと締めつけられるような感覚を覚えた。それを誤魔化すように無理矢理な笑みを浮かべる。

「ううん。寝すぎただけ」

言いながら伊織はもたれかかるフリをして尊成に身体を寄せた。いつもの匂い。そっと背中に手を回してその体温を感じる。

「伊織？」

「……遅かったね。お仕事忙しい？」

「ああ。悪い。まだしばらくは遅くなると思う」

「そっか。じゃあ早く寝ないといけないね」

身体を離そうとすると尊成の腕が背中に回った。強くも弱くもないちょうどいい力で尊成が伊織の身体を抱きしめる。とても優しい手つきだった。

「……キスして？」

気づけば口からそんな言葉が零れていた。尊成の腕の力が緩む。顔を上げると尊成がこちらを覗き込むようにして顔を傾けていた。伊織は目を閉じる。柔らかく唇が重なった。

（このまま、ずっと一緒にいられるよね？）

触れる手も唇も、その優しさが嘘だなんてとても思えなかった。

唇が離れて伊織は目を開く。すぐ目の前にある顔をじっと見つめた。

「……早く帰れそうな日があったら教えてくれない？　話したいことがあるんだけど」

尊成が何かを思案するような顔で伊織の瞳を見返した。

「話？　バイトをしている店を辞めるか続けるかの話か？」

「それも……あるかな」

「わかった。来週中には調整できると思う」

「うん。ありがとう」

そうだ。これでいい。話せばきっと解決する。悪い結果にはならない。この生活はこのまま続く。彼はずっと傍にいる。

伊織はきっと複雑な表情を浮かべているであろう自分の顔を隠すため、もう一度尊成の身体に顔を寄せた。

次の日の朝、伊織はなんとも言えない重苦しさを胃のあたりに感じながら目覚めた。隣を見ると、尊成は既にベッドにいなかった。確か、今日は早く家を出ると言っていたなと思いながら伊織は起き上がる。

部屋にも尊成はいなかった。もう行っちゃったのかな、と思いながら伊織はベッドから出て、扉へと向かう。

（なんか気持ち悪……昨日の夜、何も食べなかったからかな。お腹の空きすぎ？）

胃のあたりをさすりながらリビングに向かって廊下を歩いていた伊織は、途中でその手をぱっと上げて口元を押さえた。

唐突に胃から何かがせり上がってくるような気配を覚えたからだった。

（これ、吐く）

慌てて回れ右をして廊下を戻る。この家は玄関の近くに客用のトイレがあって、今の位置から一番近いであろうそのトイレに駆け込んだ。

便座の蓋を上げると、顔を近づける。

しばらくそこにしゃがみ込んでいたが、結局伊織が実際に吐くことはなかった。それもそのはずで、昨日のお昼を食べてから何も食べていないから吐くものが胃に入っていないのだ。それでも何度かえずいていると、だんだんと嘔吐感《おうとかん》は薄らいだ。

伊織はトイレットペーパーで口元を拭ってから、ふらりと立ち上がってトイレから出ようとした。

まだ胃のムカムカは軽く残っているものの、気持ち悪さは落ち着き始めていた。なんだったんだろうと首を傾げながら扉を開けた瞬間、伊織は驚いて動きを止めた。

「わ」

そこにスーツ姿の尊成が立っていたからだった。開いた扉が自分にぶつかる前に手で止めた尊成は、そのままの体勢で伊織をじっと見下ろしている。

「……いたの？」

「ああ。どうした？　……吐いたのか？」

顔色を窺うように覗き込む。どうやら伊織がただ用を足す目的でトイレに入っていた訳ではないことに気づいているらしい。案じるような、窺うような、そんな表情をしていた。

伊織は安心させるように笑って首を振った。

「吐いてないよ。ちょっと急に胃がムカムカして。昨日なんにも食べないで寝たからかなあ」

努めてなんでもないことのように話した。ここ最近、食欲がなかったことと関係しているような気はしたが、それが精神的なものからきた可能性がある以上、大事にしたくなかった。そんなことで体調を崩すなんて思われたくなかったのだ。実際、自分だって自分の弱さに呆れている。なんで、こんな風になってしまったのだろう。

「もう出るところだったよね。ごめん。大丈夫だから気にしないで行って？」

廊下へ出て、扉を閉めながら伊織はそう言った。全く問題ないことをアピールするために尊成を見上げてにっこりと笑う。

けれど尊成はその伊織の言葉は取り合わなかった。

「顔色が悪い。今日の予定は？」

「え……店に、バイトに行く……けど」

まさか予定を聞かれると思わなかった伊織は、気まずげに視線を彷徨わせた。この流れはちょっとまずい。伊織は内心狼狽《うろた》えた。

「休んだ方がいい。病院に行こう」

「えっ。いいよ。そんな病院に行くほどのものじゃないし」

「吐いたんだろ」

「吐いてない。ちょっと気持ちが悪かっただけ。たぶん何か胃に入れればよくなる」

「伊織」

宥めるように言われて、伊織は困ったように眉を寄せた。これ以上話していると自分を保てなくなるような気がした。伊織は訴えるような視線を向けた。

「もう行って？　遅れちゃうよ。本当に大丈夫だから」

「じゃあ病院は行かなくていい。けれど、今日は休んだ方がいい」

「ほんと、たいしたことないの。気持ちが悪かったのもさっきだけ。もう治ったから。こんなことぐらいで大げさに休めないよ。新しい人、まだ入ったばかりだし。今日は人も少ないし。お店に迷惑をかけたくないの」

「だったら代わりの人員を手配する」

淡々とそう言った尊成が、スーツの内ポケットに手を入れようとする仕草を見せた。慌ててその腕を押さえる。

「やめて。そんなことしなくていい」

伊織は必死で言い募った。美咲も統吾も伊織自身が社長令嬢だということも、結婚相手が大企業の御曹司だということも知らないのだ。こんないきなり金持ちパワーを発揮されても困る。

「大丈夫だって言ってる。心配しすぎだよ」

「自分では大丈夫だと思っていても、無理をして悪化する場合もある。店に迷惑をと言っていたが、店で倒れたらそれこそ店の迷惑になる」

「だから倒れたりするほどの体調の悪さじゃないって言ってるでしょ。自分のことなんだからわかるの。この前は私の好きなようにしていいって言ったじゃない」

「そういう意味で言ったんじゃない」

（じゃあどういう意味？）

伊織はくしゃりと顔を歪めた。淡々とした尊成の口調に追い詰められていくかのように、伊織の感情は高ぶっていき、今や抑制がきかないところまで来ていた。

この前は突き放したくせに、こういうときにだけ、なぜ。どうにもならないことに対して癇癪《かんしゃく》を起こしたみたいに、腹立たしい気持ちが込み上げた。なぜだかわからないが涙が出そうだった。喚き出したい気持ちをぐっと堪え、伊織は唇を噛みしめた。

そのとき、ヴーヴーと振動音が尊成の方から聞こえた。伊織から視線を外した尊成がスーツの内側に手を入れて、そこからスマホを取り出す。ちらりと画面に視線を向けた。

「神崎さん？」

「……ああ」

「早く行った方がいいよ。本当に大丈夫だから。まだ時間あるし様子見て、無理そうならあなたの言う通りに休むから」

嘘だった。感情の高ぶりとともに、なぜか胃のムカムカはすっかり消え去っていた。

これなら大丈夫。伊織は内心そう思っていた。

もしかすると尊成にも伝わったかもしれない。何かを言いあぐねたように伊織を見た。震えるスマホを持ったまま、黙って伊織を見ていたが、やがて「わかった」と抑えたトーンで言った。

「家を出る前に一度連絡してくれ。無理はしないでほしい」

「わかった」

伊織はその言葉にコクコクと何度も頷いた。それ以外でも何かあったら連絡するように、と伊織にもう一度言ってから尊成は家を出ていった。

結論から言うと、その日、伊織はフェリーチェに行って普通に働いた。朝の吐き気はなんだったのかと思うほど、店では全く気持ち悪くはならなかった。

伊織はなんとなく、そうだろうなと思っていた。ここ最近、食欲はずっとないのだが、胃がムカムカするのは決まって家で鬱々としているときだけだ。気を張っているせいなのか、不思議と働いているときには感じない。だから余計に精神的なものからきているような気がしていた。

尊成には、家を出るときに吐き気はすっかり収まったことと、それ以外でも体調が悪いところはどこもないからアルバイトに行ってくる、とメッセージで連絡した。その返答は【わかった】で【終わったら電話するように】とも来ていた。

その通りに問題なくアルバイトを終えた伊織が店を出て電話を入れると、いつかのときと同じように黒塗りの車がどこからともなく現れて伊織の前で停まった。

尊成だった。なんとわざわざ迎えに来てくれたのだ。

これには伊織も驚いた。慌てて乗り込んで、謝ってお礼を言おうと思ったが、尊成は車内で電話をしていて伊織はそれを口にするタイミングをすっかり逃してしまった。

電話を切った後も、尊成は難しい顔でパソコンを見ていて、一応お礼は言ったが会話は表面的なものになった。そうこうしているうちに車はマンションに着き、ただなんとも言えない気まずさだけが伊織の心に残った。

第八章

「……は」

伊織は洗面台の前で口をゆすいでいた。今日は朝から胃がムカムカしていた。でもなんとか尊成の前では平気なフリをした。早く家を出る尊成を見送って、重だるい身体をソファに横たえてしばらくウトウトしていたが、ムカムカがひどくなってトイレに向かったのだ。伊織はタオルで口元を拭うと、ここしばらく使っていなかった自室のベッドに寝転んだ。

尊成の前では普通を装っているが、あれから数日経っても体調は戻っていなかった。マシなのはアルバイトをしているときだけ。それ以外は身体がだるくて不意に吐き気が襲ってくる。

あと一回でアルバイトは終わりだが、そんな状態だから気持ちは晴れないし鬱々としてばかりだ。尊成から明後日ぐらいには早く帰れそうだと言われていたが、体調が心にも影響を及ぼしているのか、今の伊織には明るい未来が想像できなかった。

「よし」

しばらくそのままの状態でぼうっとしていたが、伊織は勢いをつけるとがばっと起き上がった。このままこうしていたら気が滅入るばかりだ。今日は午後から紫苑と会う約束がある。しばらく撮影で会えていなかったが、今日たまたまオフになったと連絡がきたのだ。まだ約束まで時間があるが、化粧でもして気持ちを切り替えよう。

伊織はそう思い立ってパウダールームに向かった。洗面台の横に化粧ができるスペースがある造りになっている。伊織は椅子に座ると鏡に向かった。

慣れた手つきで化粧をしていると、化粧品の横にあるスマホがブルブルと震えた。見れば、マンションのコンシェルジュからの電話だった。専用アプリをダウンロードすると、スマホからでもコンシェルジュと連絡が取れるようになるのだ。

なんだろう、と思いながらも電話に出る。

「はい。そうです。はい……え」

そこで伝えられた内容に伊織は驚いて思わず声を上げた。

(嫌な予感しかない)

エレベーターを降りると、伊織は急ぎ足でエントランスを横切っていた。目的の奥にあるラウンジに足を踏み入れる。マンションの住人が自由に使用できるようになっているラウンジは、ゆったりとしたソファとテーブルがいくつも配置されており、飲み物や軽食を頼むこともできる、ホテルのラウンジのような空間になっていた。

ソファの一つに一人の女性が腰を下ろして優雅にコーヒーを飲んでいた。コンシェルジュに突然の来客を告げられて慌てた伊織は、その人物をラウンジに通すようお願いしたのだ。

大きな目と形のいい唇。整った顔はまるで人形のようだ。そんな目を引く容姿を持つ彼女はソファに座っているだけでも絵になっていた。

(よし)

伊織はきりっとした顔を作ると、背筋をぴんと伸ばして迷いのない足取りでソファまでまっすぐ歩いた。

「お待たせしてごめんなさい」

にこりと笑ってソファに腰かける。目の前の女性が余裕のある笑みを浮かべた。

「いいえ。こちらこそわざわざ来てもらっちゃって」

その顔を見たのはこれで三回目だ。前回会ったときは邪魔そうな顔で伊織のことを見ていた。

尊成の従妹のあやめだった。当然ながら、今日はわざわざ向こうが会いに来たので睨みつけるような真似はしていない。表面上は殊勝な態度を見せていた。

「尊成さんはいないのだけど、私でいいのかしら」

伊織は鷹揚に微笑んだ。確かあやめは伊織の一つ年下だったはずだ。伊織の方が年上であるし、尊成の妻という社会的な立場もある。こうやって尊成がいない日中に抜き打ちのように訪ねてきたことを考えると、あやめの目的は伊織にとってはあまり歓迎できないものの類いであるに違いない。伊織は大人な態度で臨もうと決めていた。

「ええ。今日は伊織さんに会いに来たの。忙しい尊成さんがこんな日中から家にいるとは思っていないし」

せせら笑うように言われて内心むっとしたが、「あらそう」とさらっと流した。

「でも遊びに来た訳ではないわよね？　私に何か用が？」

「ええ、もちろん。でなければわざわざ来ないわ」

だいぶ好戦的だなと思いつつも、伊織は首を傾け、何かしらと言わんばかりに微笑んでその用とやらを話すように促した。

「あなたがいつ出ていくのか確認しに来たの」

そう言い放つとあやめは勝ち誇ったように笑った。

それに対し、伊織は怪訝そうに軽く眉を寄せる。言葉が断定的すぎて、伊織はあやめが何を言っているのかがよくわからなかった。

「出ていく？　何を言っているの？」

「わかってるくせに白々しいわよ。あなたと尊成さんは六ヵ月で離婚する予定でしょ？　そろそろ六ヵ月だと聞いているのだけど」

その言葉を聞いた瞬間、伊織の表情がぴしりと固まった。まさしく耳を疑うとはこのことで、今まで取り繕っていた大人の態度など一瞬でどうでもよくなった。どうしてあやめがそのことを知っているのか。頭が真っ白になって思考が回らなくなる。

「……それは、誰から聞いたの」

伊織は感情を抑えようとするあまり、いつもよりもだいぶ低い声であやめに聞いた。

（まさか尊成さんから？）

考えたくもない最悪の考えが湧き上がって、頭をがんと叩かれたようなショックが伊織を襲う。

そんな伊織をちらりと見ながら、悪びれない態度であやめが肩を竦めた。

「みんな知ってるわよ？　大体そうじゃなかったら尊成さんが篠宮の社長令嬢であるあなたと結婚する訳がないじゃない。そこまでして篠宮と合併する必要はないって、すごい反対だったんだから。そこを、離婚ができるんだったらということで結婚したんでしょ？　尊成さんは会社のために仕方なくあなたと結婚したのよ」

伊織にとどめを刺そうとでもしているかのようにあやめは強い口調で滔々《とうとう》と言った後、ふふっと笑った。

その笑顔を見た瞬間、強烈な吐き気が伊織を襲った。胃液のようなものがせり上がってくる感覚に思わず口を手で押さえる。伊織は口元にぎゅっと力を込めた。

（ここで吐くのはまずい）

胃がひっくり返ったかのようだった。涙が滲む。今の状況も忘れ、伊織は肩を震わせながら必死でそれを押しとどめると、がたんと立ち上がった。

すごい形相だったのだと思う。それまで見下したように笑っていたあやめが伊織の顔を見て口を噤んだ。

「き、気分が……失礼するわ」

それだけ早口で言うと、伊織は身を翻そうとした。

「待って」

慌てたように立ち上がったあやめが伊織の腕を掴む。なりふり構っていられない伊織はその手を払いのけようとしたが、あやめの力は思ったよりも強かった。

「あなたが尊成さんと離婚したら、私が尊成さんと結婚するの。本当は最初から私が結婚するはずだったのにあなたが邪魔したのよ。だからごねたりしないでなるべく早く出ていってね」

伊織は何も言わず強引に手を引き抜くと今度こそ身を翻した。そして、ほとんど小走りでラウンジから出た。ラウンジに人気がなくて助かった。あれじゃほとんど修羅場だと思いながらエレベーターに駆け寄る。

幸運にもエレベーターの扉がすぐに開いた。どうやら下りてくるときに使ったものがまだそのまま一階にあったらしい。

伊織はエレベーターに乗り込み、大急ぎでボタンを押した。そしてものすごい速さで家に戻り、玄関の近くにあるトイレに駆け込んだ。

トイレでしばらく過ごした後、すっきりした顔で出てきた伊織はソファにどさりと座り込んで息を吐いた。

「間に合ってよかった……」

あやめの言葉が相当ショックだったのか、胃の中のものをすべて戻してしまった。けれど、それがよかったのか、今はすっきりした気分だった。

伊織は一息つくとおもむろにスマホを手に取った。

――尊成は最初から六ヵ月で離婚することを条件に結婚した。

あやめの言ったことは伊織の心に多大なショックを与えた。アルバイトをしていたことがバレて突き放されたときから、伊織は尊成がどういう前提で結婚したのか疑って不安に思っていたからなおさらだった。あやめの言葉は伊織の不安を具現化したような内容で、思い悩んでいたからこそ妙な説得力を持って伊織の胸に迫った。

しかし、だからといってこのまま素直にあやめの言葉を信じる気にはなれない。だとすると手は一つ。尊成に直接確認するしかないだろう。

画面に尊成の番号を表示する。伊織は勢いのまま間髪を容れずに通話をタップした。耳に当ててコール音を聞く。仕事中だから迷惑だろうがそんなことは百も承知だ。聞くことはただ一つ。時間がなくてもそれだけだったら一分で終わる内容だ。

粘ってしばらく鳴らしていたが、一向に出る気配のない様子にとうとう伊織は諦めて通話を打ち切った。そして、がっかりした様子でぱたんとソファに突っ伏した。

「え。その女腹立つわぁ。すごい宣戦布告じゃん」

「そうなのよ。しかも勝ち誇った顔で笑われたんだよ。ね、腹立つでしょ」

伊織はそう言うと、膝に抱えていたクッションを勢いに任せて拳で叩いた。

ここは紫苑のマンションである。尊成に電話した後、伊織は紫苑との約束の時間が迫っていることに気づいて、慌ててマンションを出てきたのだ。そして着くなり、紫苑に今まで起こったことをすべてぶちまけた。フェリーチェに尊成が来たことは話していたが、それ以降、伊織がグタグタと悩んでいたことは言っていなかったので、紫苑はかなり親身になって聞いてくれた。

一緒に怒ってくれた紫苑は、「お嬢様で美人って我儘コース一直線じゃん」とあやめのことをちくちく言ってから、ふと案じるように伊織を見た。

「そのお嬢様が言ってること信じるの？　もし旦那さんが本当に離婚するつもりだったんなら、誘われたとしてもエッチをすべきじゃないし、けっこう最低なことしてると思うけど」

「……だよね。まあまだわからないんだけど」

伊織は曖昧に笑った。

「明日って撮影？　今日泊めてほしいんだけど」

それから気を取り直したように聞いた。意外そうな顔で紫苑がこちらを見る。

「いいけど。十時頃に出るよ」

「大丈夫。ありがと」

「帰らなくていいの？」

「うん。今日帰れないかもって言われて」

「え？　その後連絡取ったの？」

驚いたような顔になった紫苑に伊織は頷いて、あやめと別れた後に勢いのまま尊成に電話したことを口にする。

「あ、電話したんだ。まあでもここまできたら直接聞いて確かめるしかないしね」

「うん。私もそう思って。でも、出なかったの。がっかりしてたらその後秘書の人から電話があったんだけど」

そうなのだ。電車に乗る気力もなくてタクシーで紫苑の家に向かっている途中、神崎から電話がきたのだ。その電話で尊成は立て込んでいて電話に出られないことを伝えられ、もし言付けがあれば伝えるからと用件を聞かれた。

けれど、内容が内容だけにさすがに神崎に伝えてもらうのは憚《はばか》られた。だから尊成が帰ってきたら話すと言ったのだが、そのときに、尊成は今抱えている件が片付くまで帰れないだろうということを知らされた。おそらく今日は家には戻れないと言われて、表面上はなんとか取り繕ったものの、とてもがっかりした気持ちになった。

こんな中途半端な状態で悶々としながら一晩越すなんて、考えただけでも気が滅入る。それがあって伊織は紫苑の家に泊まれないか聞いたのだった。

「そういうこと。私は平気だよ。ま、一人になると余計なこととまた考えちゃうもんね」

「そうなの。ごめん、ほんと助かる。でも彼氏と予定あるなら帰るから言ってね」

「向こうも撮影で会えないから大丈夫だよ。あ、じゃあ今日の夜、何か美味しいもの食べに行こうよ。私、肉食べたい」

「あ、ごめん。胃の調子が悪いんだよね。今日はお肉はなしで。代わりに何か作るよ」

「え、そうなの？　大丈夫？　病院行ったら？」

心配顔になった紫苑に伊織は困ったように笑った。

「たぶん……ストレス。たぶんだけど。なんかずっと胃がムカムカするの」

「旦那のことで思い悩んでってこと？　え、そんなに繊細だったっけ？」

全くオブラートに包まない物言いだったが、伊織は気にせずに、むしろ「だよねえ」と同調した。

「自分でもびっくりなんだけど、もし離婚となったらこれからどうしようってのもあるから、そういうのもけっこうメンタルにきたのかなって」

「あー……」

なるほど、というように何度か頷いた紫苑はちらりと窺うような視線を向けた。

「……どうするつもりなの？　いや、まだその女の狂言って説も普通にあると思うけど。もし、万が一、その女の言ったことが本当だったら」

「それなんだよねえ……」

伊織は言葉を途切れさせながら、困ったように笑った。

「あっちがだめならじゃあこっち、ってすぐに切り替えるのも難しいし。まだ、わかんない」

もし尊成と離婚になれば、本来なら、当初予定していた通り、篠宮の家には戻らず料理の学校に行き、その道を目指して頑張るというのが一番いいのだろう。篠宮に戻れば再婚の話がそのうち出るに違いないが、それは受け入れがたい。

けれど、気持ちはそんなに単純ではない。一度はやめようとしたのだ。すぐに切り替えられるかといえば、伊織はそんなに器用なタイプではなかった。それに、紫苑にもやっぱり一緒に住ませてとは言いづらい。以前この話をしたときに紫苑は彼氏と一緒に暮らすかもしれないと言っていた。二人の間にそんな具体的な話は出ていないのかもしれないが、邪魔をするのはとても気が引ける。

だから伊織は紫苑にそう言うしかなかった。それに本当に、自分でもどうするかはっきりとは考えられていなかった。

「そっか。何か手伝えることがあったら言ってね」

「……ありがと」

紫苑の優しい声に思わずじんとしていると、「てかさ」と先ほどとはトーンを変えて、紫苑が口を開いた。

「その、胃がムカムカするのってずっとなの？　ストレスで胃が痛いっていうのはよく聞くけど、ムカムカってあんまり聞かないよね。ストレス関係なく胃の調子が悪いんじゃないの？　一回ほんとに病院行って診てもらった方がいいよ」

「……確かに。ムカムカってあんま聞かないかもね。ここ一週間ぐらいかなあ。尊成さんがフェリーチェに来てからだから」

「一週間も？　吐いたりはするの？」

「実際に吐くのはそんなにないんだよね。バイトしているときは割と平気だし。でもさっき、尊成さんの従妹が来て話してたときは急に気持ち悪くなっちゃって、無理矢理話を打ち切って家に戻ったんだけど、そのときは吐いちゃった」

「え、そうなんだ。あとは他に何か体調におかしいところはあるの？」

「そうだなあ……」

伊織は腕組みをすると、首を傾けた。

「だるさもあるかな。ひどいときはだるくてとにかく眠くなる」

「だるさねえ……」

首を捻っていた紫苑が、何かに気づいたようにはっとした顔になった。

「伊織って生理きてる？」

突拍子のない質問に伊織はぱちぱちと目を瞬く。

「生理？　今月はまだきてないでしょ。えーと先月は……」

伊織は難しい顔で考え込んだ。遠くを見ながら記憶を辿《たど》る。しかし急に聞かれたからか、いくら考えてもはっきりと思い出せなかった。

「いつも周期はっきりしない方？」

「そんなことないよ。まあちょっと遅れたりすることはあるけど。大体月の半ばぐらいに……あれ？　前回いつだったかなあ」

スマホを取り出そうと伊織はバッグを漁《あさ》った。生理日をメモっている訳ではないが、カレンダーに予定を入れてスケジュール管理を一応している。それを見れば思い出せるのではないかと思ったのだ。

「ね、もしかして妊娠してるってことない？」

「……え？」

　バッグの中に入れた手を止めて、ぱっと顔を上げた。

　あまりにも予想外のことを言われて、伊織の頭は一瞬理解が追いつかなかった。

『妊娠』という単語が自分に馴染みがなさすぎて、ぴんとこなかったのだ。

　一拍遅れた後、やっと伊織は引きつった笑いを浮かべた。

「いや、さすがにそれは……」

「するとき絶対避妊してた？　毎回相手がゴムつけるの確認してる？」

「……してない」

　畳みかけるように聞かれた言葉に、伊織は愕然とした面持ちで首を振った。振り返れば何回かはそれらしき行動を見た記憶はある。けれどそれは毎回ではないし、もっと言えば確認していないときの方が断然多い。尊成は前戯に時間をかけるから伊織は大抵その頃には頭が回っていないのだ。そんなことをいちいち確認できる状態になかった。

　それに今は別として、そのときの伊織は離婚を考えていなかったから、子どもができても別に構わなかった。だから避妊に対してそこまで頓着していなかったこともある。

「吐き気、だるさ、情緒不安定。妊娠初期の症状じゃない？　それで生理が最近きてないとなったら……怪しい」

真剣な表情で見つめられて、伊織はごくんと口に溜まった唾を飲み込んだ。

「く、詳しいね……」

「一回ちょっと遅れたことがあってそのときに軽く調べた。伊織にも話してたと思うよ。ま、すぐに妊娠じゃないってわかったんだけどね」

紫苑はすっくとソファから立ち上がると、「ちょっと待ってて」と言ってどこかに行ってしまった。突然の展開に頭の中が混乱していて、自分事としてうまく捉えられない。けれど心臓だけが痛いほどドキドキしていた。

しばらくして戻ってきた紫苑が、伊織に向かって何かをずいっと突き出した。

「これって……」

「そ。検査薬。二個入りで一つしか使ってないから、一個余ってたの。あげるから使ってみなよ」

その箱をまじまじと凝視した後、伊織はぱっと顔を上げた。

「今⁉　ここで⁉」

「もちろん。もし妊娠してたら全部解決じゃん。だって離婚しようと思ってたら子どもできたら困るでしょ。避妊はちゃんとするはず」

確かにそうだ、と伊織はその言葉に妙に納得してしまった。素直にそれを受け取ると、箱を裏返して使い方の説明に目を落とした。

＊＊＊

耳に当てたスマホから聞こえているコール音が二十回を超えたところで、尊成はその電話を諦めて手を下げた。

まだ未練ありげにスマホを見つめてから、スーツの内ポケットに戻す。

「奥様へのお電話は繋がりませんか？　自宅にかけられては？」

隣でハンドルを握る神崎が前を見ながら口を開く。

「今かけていたのが自宅だ。携帯は電源が落ちている」

「なるほど、電源が。どこかへ出かけられたのでしょうか」

「そうかもしれない。昨日電話したときに何か言ってなかったか」

「特には。社長に電話してこられたご用件をお聞きしても、社長が戻られてから直接話すから問題ないと」

相槌を打ちながら、尊成は思案顔で前方の風景をじっと見据えた。

昨日、尊成は数ヵ月かけて調べていたある事案がやっと解決の兆しを見せたので、一気に収束をさせようと、遅くまでその対応にあたっていた。途中で伊織から電話がきていたが、そのときはあいにく手が放せる状態になく、神崎に代わって折り返してもらい、用件を聞いたのだ。

神崎からの報告によれば、急ぎの用件ではなさそうだったということと、尊成がその日帰れないかもしれないこともあっさり受け入れたということだったので、ひとまず安心していた。しかし、一夜明けて一度帰宅するとなったので連絡しても、なぜだか伊織と連絡が取れない。家にいないのはアルバイトのために既に家を出たということも考えられるが、スマホの電源が切れていることが気になった。

「奥様のことになると社長は心配性ですね」

信号待ちで停まった神崎が尊成の表情に目を向けて、思わずといった感じで言った。言葉にした後で尊成の表情を見て少ししまったという顔をする。

神崎は顔を前に戻してアクセルを踏んだ。会社に泊まるとなった時点で運転手は家に帰した。尊成はタクシーで帰宅するつもりだったが、車で出社していた神崎が尊成を送ると申し出たので、尊成は神崎が運転する車で家に戻る途中なのだ。

「失礼しました。社長が感情を表に出されるのが珍しかったので。そこまで心配なさるのは、何か理由が？　奥様があのお店で働いていた件が何か問題に？」

「いやそれは大丈夫だ。実は伊織は最近、体調が優れない。顔色があまりよくないし、どうやら食欲もないみたいだ」

　だから病院に連れていこうと思ったのに、そこまではないとあの日頑《かたく》なに拒否されてしまった。あれから注意して伊織を見ているが、やはりどことなく様子がおかしいように尊成は感じていた。ここ最近忙しく、尊成が家で食事をとる時間がないからかもしれないが、好きな料理もほとんどしていないように見える。しかし、尊成の前ではそんな素振りを出さないようにしているのがわかるので、尊成はどうしたものかと考えあぐねていた。

　おそらく、同じように言っても伊織は頷かないだろう。病院に行くことの何がそんなに嫌なのかはわからないが、伊織は時折、頑固なところがあって、普段ならそんなところも可愛く思って済むのだが、今回ばかりは尊成も少し困っていた。

「体調が……。それは心配ですね」

　神崎がハンドルを切りながら、表情を曇らせる。「ああ」と尊成が答えるとそこから会話が途切れ、車内は沈黙に包まれた。尊成はそこで会話が終わったと思ってそのままじっと外の風景を見ていたが、神崎は違ったらしい。尊成をちらりと見た。

「勘違いだったら申し訳ないのですが、奥様に妊娠の可能性は？　いえ、私の妻が妊娠したときのことを少し思い出しまして。初期からつわりが始まってその頃はずっと体調が悪そうにしておりました。食欲もなかったです」

尊成の顔が不意を突かれたものに変わる。

「そうか……」

唸るように言うと、尊成は珍しく、悔やむように眉を寄せた。

「……病気の可能性ばかり気にしてそのことを失念していた。先にその可能性を疑うべきだったな。迂闊だった」

「心当たりがあったようですね」

神崎は前方を見たまま苦笑いを浮かべた。

「……ああ」

尊成は口元に手を当てて忙しなく瞬きを繰り返した。

「……その、妊娠初期の症状というものをもっと詳しく教えてくれ」

「そうですねえ。まず吐き気。胃がムカムカするとよく妻が言ってました。あとは、匂いに敏感になったり。それからやたらと眠くなったりもするみたいです。イライラしやすくなったり、不安定になったり、精神的にも影響があるみたいですよ」

神崎の言葉に耳を傾けながら、口元に手を当てたままで尊成は考え込む。もちろん伊織のここ最近の様子を記憶から探っているのだ。

「……できるだけ、急いでくれないか」

やがて尊成はいつもの感情を抑えた声で神崎にそう言った。しかし目の奥に宿る熱が、尊成の気持ちの高揚を如実に物語っていた。

「伊織」

尊成は自宅の扉を開けると靴を脱ぐのもそこそこに、寝室に直行した。寝室に入り、ベッドを見るが、伊織はそこにいなかった。焦ったようにあたりを見回したが、痕跡のようなものは見つけられない。急いで今度はリビングに向かった。

リビングにも姿はなかった。キッチンはきれいに片付けられていて整然としている。

（やはり、既に出かけた……？）

起きていてリビングにいれば自宅にかけた電話に出ただろうから、尊成は伊織がまだ寝ているか、それとも出かけたかと踏んでいた。伊織は早くて十時に出勤することもあるようだから、アルバイトだったらこの時間に家にいなくてもおかしくはない。

尊成は壁にかかっている時計を見た。現在、十時十五分。

（店に行ってみるか……？）

神崎には心配性だと言われたが、やはりスマホが繋がらないのがどうにも気にかかる。それに、もちろん妊娠のこともある。会社は午後に会議が入っているのでそれまでに戻ればよかった。

尊成は玄関に足を向ける。そのとき、ポケットでスマホがブルブルと震えた。

伊織かもしれないと思って、尊成は急いでスマホを取り出す。しかし、画面に表示された名前を見て眉を顰めた。

面倒そうに表情を険しくさせた尊成は画面をタップして耳に当てた。

「はい。……ああ、そうだ。悪いが今取り込んでいる。後にしてくれないか。……今？　今は自宅にいるが。は？　いや、だから取り込んでいると言っている」

一方的に切られた電話を、尊成は舌打ちせんばかりの顔で見つめた。

（叔父の差し金か……？　往生際が悪いな）

イライラとした息を吐いた尊成は、カウンターに置いてあったコンシェルジュとの連絡に使うタブレットから流れる電子音を聞いて、今度は本当にちっと舌打ちをした。

「なんの用で来た？」

玄関を開けた途端、躊躇なく入ってきたあやめに対して尊成は不機嫌さも隠さずにそう言い放った。あやめの強引さに実際イライラしていた。自宅にいると言った途端、マンションまで来ているからこれから部屋に行くと言われたのだ。そして電話を切った後、あやめは実際にマンションに入ってきてコンシェルジュにコンタクトを取った。無視してもよかったのだが、あやめの目的がわからない以上、叔父の差し金で来ていることも考えられる。そうなると、今の叔父の状況を考えたらあやめが何をしでかすかわからなかった。マンションのロビーで騒がれても困る。それでしぶしぶ部屋まで上げたのだ。

あやめは尊成の態度を特に気にした様子もなく、にこりと笑った。そのまま何も言わず尊成の横をすり抜けて玄関内に入り、断りもなく靴を脱ぎ始める。

振り返った尊成は呆れたように息を吐いた。

「……あやめ。悪いが今はお前に構っている暇はない」

「あら、そんな冷たいこと言わないで？　今日は今後の相談に来たのだから」

「相談？　ああ、わざわざ父親のために嘆願に来たのか？　だが何を言われてももう処分は変えられない」

一瞬怪訝な顔をしたあやめだったが、すぐに気を取り直したように廊下を歩き出した。そのまま進んでリビングに入ると、そこできょろきょろと部屋の中を見回した。

「今日は伊織さんは？」

「出かけている」

「そんなこと言って。実はもう出ていったり？」

「どうして伊織が出ていく？」

媚びを売るように笑いかけてくるあやめに尊成は淡々と返した。

実は尊成はあやめと話すのが苦手だった。小さい頃から整った顔立ちをしていたあやめは、ちやほやされるのが当然の環境で育っている。そのせいか、相手が自分の意を汲んで返してくれるのが当たり前だと思っているところがあるので、話していると疲れるのだ。

それでもあやめは二十四歳で自分より八つも年下の相手ということで、今まで尊成はそれを態度には出さずにやってきた。だけど今後はもうそんなに顔を合わせなくなるだろうし、それに今はそんなに気を遣って対応できる気分でもなかった。

「だって、結婚して六ヵ月経ったら離婚するんでしょ？」

平然と言い切ったあやめに、尊成はうんざりしたように眉を顰めた。

「どうしてそれを知っている？」

「パパが言ってたもの。それに……」

やっぱり、とでも言うように余裕の笑みを浮かべると、あやめは尊成の近くまで歩み寄ってきた。そして甘えたように尊成の腕に自分の腕を絡めた。

「その後は私と結婚してくれるんでしょ？」

放たれた言葉が全く理解できなくて、尊成は宇宙人でも見るような目つきであやめを見つめた。

＊　＊　＊

（妊娠かあ……）

その興奮状態は一晩経った後も醒めていなかった。

あれから、紫苑の家のトイレを借りて、伊織は妊娠検査薬を試した。極度の緊張でブルブル震える手で検査薬を持ち、おそるおそる妊娠の判定が出る枠の中を見たら、なんと陽性を示す線が浮かび上がっていた。つまり伊織は妊娠していたのだ。

ここ数日の体調不良はストレスのせいなんかではなかった。尊成はこのまま離婚するつもりではないかと不安になっていたのも、ただの勘違いの可能性がある。要は考えすぎなだけだった。

それがわかったとき、大興奮で盛り上がる紫苑の横で伊織は全身から力が抜けてへたり込んでしまった。脳の処理能力を超えたというか、現実として捉えられるまで時間がかかり、しばらく呆然としてしまった。

その後、じわじわと実感が湧いてきて、すると自然に涙が出てきた。

いろいろ思うところはあったが一番の感情はやはり『嬉しい』だった。自分の身体の中に新しい命が宿っていると思うと、迷いとか疑念とか、そういう細かいことは全部吹っ飛んで、この命のために自分がやれることはなんでもやらなくてはいけないと、奮起するような気持ちが湧いてきた。

尊成に早く伝えていろいろ話さなくてはいけないと思ったが、自分で折り返しの電話もできず神崎に頼むほどの忙しい状況を思えばさすがに躊躇った。明日はおそらく帰ってくるだろうからと思って、伊織は紫苑の家に泊まった。

と、ここまではよかったのだが、寝る前にスマホを確認しようとして、伊織はバッグの中にそれが入っていないことに気づいた。

どうやら、紫苑の家に来るまでのタクシーの中に忘れてきてしまったようだと気づき、タクシー会社に連絡して忘れ物で保管されていることを確認した伊織は、次の日の朝、タクシー会社に寄ってスマホを受け取ってから帰宅した。充電は切れていたが、どうせ連絡してくる人もいないだろうし、と伊織はたいして気にしなかった。

マンションのエントランスを抜けてエレベーターに乗る。胃は軽くムカムカしていたが、原因がはっきりしたせいか、そんなに気にならなかった。

自宅に着き、扉を開けて中に入る。センサーライトが反応し玄関内が明るくなった。

——と、そこで、伊織は見えた風景がいつもと違っていることに気づいた。まず、玄関の三和土《たたき》に完全に女物の見慣れないパンプスがあった。一目でブランド物とわかる形だった。尊成の靴もある。それから、リビングの方から、男女の話し声が聞こえた。

「……な、何?」

どうやら誰かが一緒にいるようだ。ただならぬ気配を感じて伊織は慌てて靴を脱いだ。急ぎ足で廊下を抜けて、開け放しの扉からリビングに入る。

そこで目に飛び込んできた光景に伊織は目を瞠った。

リビングの中ほどに二人の男女が立っている。一人は尊成。そしてその尊成の腕に自分の腕を絡ませ、ぎゅっと身体を寄せて立っているあやめ。

部屋に入ってきた伊織の気配に二人の顔が向く。二人の反応は対照的だった。尊成は驚いた顔をし、あやめは勝ち誇ったように笑った。

——その瞬間、伊織の中でプツンと何かが切れた。

「どういうこと？」

自分のものとは思えないほど低い声が口から漏れる。

伊織はずかずかと二人のところまで歩いていくと、尊成を睨む勢いで見据えた。

「二人で何しているの」

言葉にすれば、より抑えが利かなくなる。感情が高ぶった伊織は思わず声を荒らげてしまっていた。

何か事情があるのだろうとは思う。それに、あやめは従妹だ。家に上げてもおかしくはない。

けれど、伊織のいないときにただならぬ雰囲気の中、二人でいる。しかも伊織の中では、あやめは尊成に恋愛感情を持っているのではないかと疑っていたのだ。加えて昨日の件もある。自分でも驚くほどかっとなった。

「なんでそんなに怒るの？　こわーい。あなたはもうすぐ離婚していなくなるんだから、そんなことで尊成さんを責められる立場にはないでしょ。諦めて早く出てけば？」

尊成は何か言おうとしたようだったが、それに先んじてあやめが横から口を挟む。

尊成はそちらを見て珍しく不快そうに眉を顰めると、腕を上げて絡む腕を引き離した。

「口を挟むな」

「あなたは黙ってて」

尊成と伊織二人の声が重なると、尊成に邪険にされたこともあってかあやめはむっとしたように顔をしかめた。

「どうして？　本当のことでしょ？　パパから聞いてきたのよ」

懲りずにまた尊成に手を伸ばそうとするあやめを見たとき、伊織はまた感情が抑えられなくなった。頭に血が上るとはこのことで、かっとなって衝動が込み上げる。

伊織はあやめの手から尊成を守るかのように、尊成の腕を掴んで自分の方にグイッと引っ張った。その反動を利用して、自分の顔を尊成に近づける。

「はっきり言って。あやめさんが言っているのは本当？　あなたは離婚するつもりなの？　嘘よね？　だってそんなの、おかしい」

そうだ。離婚するつもりだったとしたら、避妊しなかったのはおかしい。百歩譲って、流されてセックスはしてしまったとしても、離婚するつもりだったら、避妊はするはずだ。尊成は断じてそこまで無責任な男ではないはずだ。

「おかしい？」

何か引っかかることがあったのか、探るような目つきで尊成が伊織を見た。しかし伊織は聞き返されたことにまた感情が高ぶった。

「おかしいでしょ。離婚するつもりなのに歩み寄りに同意したの？　一緒に寝たの？　離婚するつもりなのに、子どもができるようなことをするのは無責任よ」

感情のままに勢いよく言ってから、伊織ははっとなった。慌ててあやめをちらりと見る。伊織の言ったことが予想外だったのだろう。あやめは理解できないという顔でこちらを見ていた。その顔を見て伊織は顔を手で押さえる。

しまった。尊成はともかくあやめの前で言うことではなかった。

しかし、伊織が悔やんだのも束の間、横から尊成が伊織の肩を掴んだ。

「やっぱり、妊娠しているのか」

見れば尊成の真剣な顔が間近にある。頷こうとして、すんでのところでそれを止めた伊織は目を泳がせた。

「……まだ、はっきりしてないけど……そう、かもしれない」

明言を避けたのは、もちろんあやめの存在を意識したからだ。検査薬の精度は高いと聞いているが、病院に行ってもいないうちから、第三者に知られるのは避けた方がいいと思ったからだった。

「伊織」

尊成は今まで見たことのない顔をしていた。眉がぎゅっと寄り、唇がきつく結ばれている。見ようによっては少し怖い風にも見えたが、伊織にはそれが溢れ出てくるものを必死に押しとどめているように見えた。

肩にあった手が背中に回る。伊織はぎゅっと尊成に抱きすくめられた。

「もちろん離婚するつもりなんてない」

いつも一定のトーンで話す尊成にしては珍しく、少し早口で、感情が滲み出たような声だった。その常にない必死な感じに伊織はなんだか、じんとしてしまう。自分でも思った以上にその反応が嬉しくて、鼻がツンとした。

「ちょっと！」

しかし、伊織が感動に浸る間もなく、二人の空気に水を差すかのように、横から大きな声が聞こえてきた。

「どういうこと!? 妊娠ってどういうことなの。聞いてた話と違う！」

伊織を抱く腕を緩めた尊成があやめを見やって、うんざりしたようにため息をついた。

「当たり前だろ。お前が聞いた話は全部父親の作り話だ」

「作り話？」

その言葉にあやめが顔を引きつらせる。食い入るような顔で尊成を見た。

「そうだ。察するにお前を使って、俺と伊織を離婚させようと画策でもしたのだろう。父親になんて言われた？」

先ほどとは打って変わって冷たい表情を浮かべる尊成に、あやめが怯《ひる》んだような顔になる。言いたくないのか、唇をぎゅっと引き結んだ。

それでも尊成に顎をしゃくって促されると、迷うように視線を彷徨わせてから、あやめはしぶしぶといったように口を開いた。

「六ヵ月経ったら離婚ということを条件に結婚したはずなのに、伊織さんが離婚をごね出したって。それで尊成さんが困ってて、伊織さんが諦めるよう仕向けるために、私と再婚するという話になってるってパパは言ってた。それで、私さえよければ本当にその話を進めてもいいって……」

「だから昨日……」

わざわざ家に来てあんなことを言ったのか。納得がいって思わず声を漏らすと、尊成がすぐさまその言葉に反応した。

「昨日？　もしかして昨日もあやめは来たのか」

尊成の勢いに押されたように伊織は頷いた。

「う、うん。マンションに来て下のラウンジで話したの。私たちが離婚したら自分があなたと再婚するから、早く出ていけって言われて」

「なんですぐに言わなかった」

「連絡したじゃない。でも出なかったでしょ？」

「……あのときか。神崎に電話させたときに言ってくれれば」

「そんなこと神崎さんに言える訳ないでしょ」

拗《す》ねたように横を向くと、困ったような顔になった尊成が伊織に向かって「悪かった」と謝った。伊織は尊成に視線を戻す。

「その後、どこかに出かけたのか？　今までどこに？」

「紫苑の家に行ってた。誰かに話を聞いてほしかったから。それでそのまま泊まって」

「……そうか。携帯が繋がらなかったのは？」

「それは、紫苑の家に行く途中のタクシーの中にスマホを忘れちゃって。さっき家に帰る途中にタクシー会社に寄って取ってきたところ」

（もしかして、けっこう心配かけてた？）

間髪を容れずに次々とくる問いかけに素直に答えながらも、尊成の態度から、尊成が意外に自分を気にかけていたことが伝わって、こんなときなのに伊織は内心少し嬉しくなってしまった。

「あなたはどうしてこんな時間に？」

「午後に会議があるから着替えに戻った。そしたらあやめが」

そこまで言った尊成が何かに気づいたようにあやめに視線を向ける。

「お前が今日ここに来たのは、父親に言われたからか？」

あやめはかなり分が悪いことにさすがに気づいたのか、唇を噛みしめて険しい顔をしていた。問いかけられて不貞腐れたように頷く。

「やっぱりそうか。でもこれでわかっただろ。俺たちは、離婚はしない。確かに結婚してみて、どうしてもうまくいかなかったら六ヵ月後に離婚してもいいということにはなっていたが、俺は最初から、伊織が希望する以外は離婚するつもりはなかった」

「え!? そうなの？」

伊織は弾かれたように顔を上げて尊成を見る。

「ああ。それに、離婚のことを知っているのはうちの方は父と母だけのはずだ。どうして叔父がそのことを知っているのか、確認しなければならないな」

そこで尊成はあやめを一瞥した。冷たくて、ぞくりとするような眼差しだった。

「そ、そんなこと知らないわよっ。だ、だってパパは、篠宮との結婚にみんな反対してたって。尊成さんも乗り気じゃないから、六ヵ月で離婚することを条件に結婚で話が落ち着いたって」

「そのような事実はない」

「……そんな、だって私はそう聞いたのよ。私は知らない。私は悪くないっ。あとはパパに聞いてよ!」

「そうだな。まあ理由ならわかっているが」

青筋を立てて喚いていたあやめが驚いたように尊成を仰ぎ見た。

「理由、知ってるの?」

同じように驚いた伊織はつい口を挟んでしまう。

「やっぱり、私が篠宮の娘だから?」

どうしてだろうと考えて、伊織が思いついたのはそれぐらいだった。長年のライバルであった篠宮の娘が一族に加わることに反発があった。つまり過去の因縁から拒否反応が捨てられない。だから伊織を追い出したかった。

「まあ、そういう気持ちもあったかもしれないが、それでここまではしないだろう。直接の理由は、会社の金を使い込んだことが露見しそうになったからだ」

「え?」

伊織とあやめの声が重なる。伊織はもちろん、あやめにとっても尊成の言葉は寝耳に水の話だったらしい。あやめをちらりと見ると、愕然とした顔をしていた。

「……どういうこと？」

頭が真っ白になっている様子のあやめに代わって、伊織が話を促す。

「篠宮ホテルズと合併する前、斉賀ホテルズ＆リゾーツの代表取締役に就いていたのは、叔父だ。叔父はお世辞にもいい経営者とは言えなかった。代表に就いていた四年間、業績は芳しくなく、外資系ホテルの進出が盛んになると目に見えて業績が下がって危険水域まで達した。それで父と相談して俺がどうにかすることになった」

そこで尊成は近くにあった椅子を引いて、伊織にそこに座るように促した。手を引くと、伊織が反応を返す前に有無を言わさずそこに座らせた。

それからあやめにも反対側の椅子を目線で示す。

「父は叔父に退任を何度か迫っていたが、叔父が拒否していた。元々、叔父を社長に据えたのは祖父で、父は反対していたんだ」

憮然《ぶぜん》とした顔であやめが椅子に腰を下ろしたのを確認すると、尊成は伊織の隣に座って話を続けた。

「強引に下ろすやり方もあったが、それをやってマスコミに嗅ぎつけられるとまずい。

骨肉の争いだと面白おかしく書き立てられる恐れがある。ホテルはイメージが重要だ。イメージを損なう可能性のあるやり方はできなかった」

尊成は話しながらちらりと伊織を見た。

「そんなときに浮上したのが篠宮ホテルズとの合併の話で、ちょうどよくそれを利用しようと考えた。斉賀ホテルズ&リゾーツという会社はなくなるから叔父は一度退くしかない。篠宮との合併は伊織との結婚が前提だから、新会社の代表に俺が就任するのも自然の流れだ」

そこで尊成は言葉を切った。当時のことを思い出したのか短く息を漏らす。

「しかし、叔父は合併の話も激しく反対した。結婚までして合併する必要はないと。表向きは篠宮との結婚に反対というスタンスだった」

伊織は耳を傾けながら目を瞬いた。斉賀にそんな事情があったとは。初めて聞く話に驚く。すると、そこで尊成の口調が厳しいものに変わった。

「このままではホテル事業は立ち行かなくなる。感情論を優先することはできない。そう言って叔父の反対を半ば強引に押し切って合併を進めた。叔父も反対はしたものの、経営を立て直す具体案は出せないから、結局は従うしかなかった」

聞いていられないのか、あやめの唇が震えている。しかし尊成は淡々と続けた。

「ひとまずは新しい会社の役員のポストに入ってもらって、しかるべき立場を後で与えるということで叔父もしぶしぶながら納得した。しかし、それは見せかけで実は叔父に監視をつけながら、ずっと内密に調査を行っていた」

「調査？」

「そうだ。叔父は、斉賀ホテルズ＆リゾーツの社長の立場に異様なほど固執していた。合併の話も頑なだった。あそこまでの態度を見せるのは明らかにおかしい。何かあると思っていた」

尊成の感情を消した声が部屋に響く。伊織もあやめも口を挟まず尊成の次の言葉を待った。

「それで調査したところ、叔父が社長時代、普通では考えられない額の経費を計上していたことがわかった。要は経費の使い込みだ。責任を追及するため、私的流用の証拠を掴む調査を続けて、それがやっと揃ったのが昨日。叔父には昨日のうちにその証拠を突きつけた」

あやめの息を呑む声が聞こえた。尊成はそんなあやめには構わずに一気に話を続けた。

「そのときに役員の解任と、斉賀ホールディングスおよびグループ会社の経営には今後一切関わらないこと、言わば斉賀からの追放を通告した。かなり反発していたが、していたことを考えると致し方ないだろう」

「なんなのよ、それ……」

呻《うめ》くような声が聞こえて、見ればあやめが美しい顔を歪ませていた。相当ショックだったのか、肩が小刻みに震えている。

「……使い込みなんて、どうして……！　で？　パパはどうして私を？　なんで？　全く、意味がわからないわ！」

状況を知らされずに使われたことに行き場のない怒りが込み上げてきたのか、どん！とあやめは机に拳を振り下ろした。

「おそらくは調査されていることに勘付いて、何か俺の弱みを探っていたのだろうな。それで、俺たちの離婚のことを掴んだ」

あやめの質問にあっさりと答えながら、尊成は気遣うような眼差しを伊織に向けた。

「俺と伊織が離婚して、それが初めから仕組まれたものだったと、伊織の祖父――篠宮の会長にリークすれば、斉賀と篠宮の関係が悪くなり、最悪会社は解散ともなるかもしれない。そうなれば俺は失脚となるし、自分の件はうやむやにできるかもしれないとでも踏んでいたのだろう」

尊成の言わんとすることに察しがついたのか、あやめがぐっと唇を噛む。まるで目の前に父親がいるとでもいうかのように尊成に怒りに燃える目を向けた。

「ところが、そのネタを掴んだのが最近だったのか、それともどう干渉しようか考えあぐねていたのか、使い込みの証拠を握られた方が早かった」

そこで尊成はひたりと視線をあやめに合わせる。

「それで最後の悪あがきに、お前を唆して伊織のところへ向かわせたのだろう。離婚とならずともそれで関係が悪化して伊織が家を出たりすれば、それだけでも篠宮の会長をけしかけられるかもしれない」

(すごいこと考えるなあ……)

まさか『どうしても嫌だったら離婚していい』の条件がそんなことにまで影響を及ぼすとは。伊織は話を聞きながら、己の立場を振り返らずにはいられなかった。

「叔父のしたことは許されざる行為だが、お前ももう少し考えてから行動すべきだった。叔父はお前に強制した訳ではないだろう。何かおかしいとは思わなかったのか。それに、勝手に俺との結婚まで決められて、お前はそれで嫌じゃなかったのか。もう少し自分の意思を持つべきだ」

尊成に淡々と諭されると、あやめは急に悔しそうに顔を歪めた。

「……そんなの」

俯いた顔から小さな声が漏れる。聞き取れないその声に耳を傾けた瞬間、あやめがばっと顔を上げて口を開いた。

「尊成さんは何もわかってないわ。あなたがどれほどのものを持っているのか」

「何？」

「私の理想は高いの。容姿、経済力、ステータス、頭のよさ、家柄。どれを取っても完璧じゃないとだめなのよ。私には見合わないの」

（ん？）

あやめが早口で捲し立てた言葉に伊織は引っかかりを感じた。

（……いやこれ、好きだからだよね）

伊織はあやめが尊成のことを好きなのだと思っていた。だから父親の口車にのせられたのだと。

「だったらわざわざ身内を選ぶ必要はない。お前だったらいくらでも条件のいい相手がいただろう」

「いなかったからこうなってるんでしょ！」

きっ、と尊成を睨んだあやめは、荒い口調でそう言った後、がたんと椅子を鳴らして立ち上がった。

「とにかく私はパパに騙されただけなの。もういいでしょ。帰る！」

投げつけるように言うと、あやめは身を翻した。

「悪い。叔父のことに巻き込んでしまって」

あやめが帰った後、伊織は尊成と並んでソファに座って話をしていた。

強引に帰ろうとしたあやめを尊成が引き留めて、あれからもう少しゴタゴタしたが、結局は伊織がもういいからと取りなしてあやめを帰した。

尊成はどうやら伊織に対して謝らせたいみたいだったが、伊織はあやめのしたことはもうそんなに気にしていなかった。

結局は叔父のしたことで、あやめはそれを信じて行動したに過ぎなかった訳だし、その叔父が会社を追われたことであやめの人生も変わってくるだろう。だからといって人のマンションに突撃してきたのはどうかと思うが、少なからず、伊織はあやめに同情したのだ。これからのことを思えば、もはやあやめは伊織のことなんか気にかける心境ではないだろうと。

それに、あやめは条件的に尊成が彼女の希望を満たしているから結婚を受け入れたような口ぶりだったが、やはり恋愛感情もあったのではないかと思う。年が離れているからこそ逆に憧れのような気持ちを抱いていたのではないだろうか。何せ尊成はあやめの希望の条件を満たしている男なのだ。つまり、タイプだったといえる。そういう存在が身近にいれば、惹《ひ》かれてしまうのは自然なことのような気がした。

本人がどこまで自覚しているかはわからないが、あの状況では、強がってああいう風に言うしかなかったのではないか。そういうあやめの心情を察すれば、なんだかもうあやめに対して何かを言う気持ちにはなれなかった。

叔父については自業自得だろうと思う。経費の私的流用については、企業内の問題であり、伊織が何かを言う立場ではないが、ホテルの業績がよければまだしも、悪化しているのに会社の金を自分のために使うとは言語道断である。

しかもそれが露見したことをどうにかするために伊織と尊成を離婚させようとして、そのために娘を利用するなんて。

憤りを感じた。離婚は確定事項だと思っていてそれを少し早めようとしただけかもしれないが、そんな人間が経営に関わることは許されざる行為だと思うので、伊織は叔父が追放されて本当によかったと心から思った。

伊織は尊成に向かって、気にしないでとでもいうように首を振った。

「私はあやめさんに昨日ちょっと言われたぐらいだし……巻き込まれたっていうほどのことでもないから」

そうなのだ。よくよく考えてみれば伊織がされたことといえば、あやめの突撃訪問ぐらいで、他には特に何もされていない。尊成の実家での伊織に対する態度はあやめも叔父も感じが悪かったとは思うが、直接的に何かされたという訳ではなかった。

「ここ最近、忙しくしていたのは叔父様のことがあったせい？」

ふと、気になったことを伊織は口に出した。

「ああ。必要な証拠が揃いつつあって、叔父を経営から外すことになればいろいろとあるから、そのための調整や根回しを、仕事の合間に行っていたので忙しかった」

「そうだったんだ」

「体調が悪そうだったのに、あまり一緒にいられなくて悪かった。この間吐いていたのも要はつわりだったということだろ。どうしてすぐに言わなかった？」

顔を覗き込むようにされて、伊織は苦笑いを浮かべた。

「実はただの体調不良だと思ってて、妊娠に思い至ったのは昨日のことなの。体調のことを紫苑に言ったら指摘されて。それで、勧められて検査薬を使ってみたの」

「……検査薬。それで妊娠判定が出た？」

伊織が頷くと尊成は安堵《あんど》したように息を吐いた。

「でも、検査薬が絶対って訳じゃないから近いうちに病院に行かないと」

急いで伊織が付け足すと、尊成は「ああ」と声を漏らした。

「病院。そうだな」

言いながら尊成はスーツの内ポケットに手を入れてスマホを取り出すと、画面を操作し始めた。

「……何してるの？」

「神崎に言って午後の予定を調整する。あとは信頼の置ける病院を探さないといけない」

「え、午後？　もしかして今日これから病院に行くつもり？」

しかも一緒に？　驚いた伊織は慌てて腕を掴んだ。

「早い方がいいだろ」

「そ、そうだけど。今日はいいよ。それに一人で行けるし」

「何かあったら困る」

（……もしかして、意外に心配性？）

伊織は尊成をまじまじと見た。冗談でもなんでもない。至極真面目な顔をしている。

そこで伊織はそういえば、と思った。車の中で寝てしまった伊織をお姫様抱っこで運んだり、体調が悪かった日にはフェリーチェまで迎えに来たり。思い返せば今までもけっこう過保護気味な傾向があったかもしれない。

（これは、ただ言うだけじゃだめそう）

確か午後は会議があるのではなかったか。それをキャンセルしてまで病院を優先してもらうのは気が引けた。そこで伊織は少し考えてから口を開いた。

「今日は疲れたからまた別の日にしたい」

心持ち声のトーンを落としてそう言うと、今まさに電話をかけようとしていた尊成は動きを止めて伊織を見た。

「予定が空きそうな日はあるの？　その日にしたい」

言いながら二人の間の距離を詰めるように身を寄せると、尊成は電話を持っていた手を下ろし、もう片方の手で確かめるように頬に軽く触れながら伊織の顔色を窺った。

「わかった。明日か明後日で調整する。伊織は店の方は？」

「あと一回だけ行くことになってるけど……ちょっと相談してみる」

「その方がいい」

尊成が肩に手を回し、身体を自分の方へ預けるように誘導してくる。疲れたと言ったから気を遣ったのだろう。伊織は素直に尊成にもたれかかると、横から抱き着くようにその大きな身体に手を回し、胸に顔を寄せた。

あと一回だったら働けるような気がしたが、この分だとそれは認められなさそうだ。後で美咲に相談してみようと伊織は思った。

「結局、あのまま辞めることにしていたのか」

そっと抱きしめられながらしばらく尊成に体重を預けていた伊織だったが、不意に言葉が降ってきて顔を上げた。

「お店のこと？」

「ああ。叔父の件が片付いたらちゃんと話を聞こうと思っていたんだが。辞めるか辞めないか迷っていただろ」

伊織は不思議そうに首を傾けた。

「迷ってないよ？　あなたがお店に来た日にもう辞める手はずになっているって説明したような気がするんだけど」

「それは、俺のことを気にしてそうしたんだろ。気にする必要はないと言った。それでもう一度考えたんじゃないのか」

「気にする必要はないって、なんで？　そういえばあのとき、好きにしていいって言ってたけど、どうしてそんな突き放すようなことを言ったの？」

伊織は改めて尊成に向き合った。

尊成からの質問の答えにはなっていなかったが、どうしても気になっていたことを伊織はつい口に出してしまった。話の流れ的に今聞くしかないと思ったのだ。

「……突き放した？　そんなつもりはないが」

全く身に覚えがないとでもいうように尊成が眉を寄せる。それを見て伊織は不満を顔に表した。

「嘘。私、あなたにバイトをしていることを何ヵ月も黙ってたんだよ？　もっと責められるかと思った。だって自分で言うのもなんだけど、そういうのって信頼されてないみたいで嫌じゃない。少なくとも、私はそう思う」

伊織はそのときのことを思い出したかのように悲しげに顔を歪めた。

「でもあなたは特になんとも思ってない感じで、続けるのも辞めるのも好きにしていいって……。なんだか思ったよりも私に関心ないのかなって思った」

「それは違う」

伊織の目を見て尊成はきっぱりと否定した。肩に置かれた手にぐっと力が入る。伊織は真剣な表情でこちらを見る尊成を見返した。

「店で働くのが楽しいって言ってただろ。それに、料理を好きになったのは、あそこで働いていたことがきっかけだとも言っていた。だから俺は伊織にとってはかけがえのない場所なのだと思った。そういう場所を奪って家に閉じ込めることはしたくなかっただけだ。辞めて後悔しないというのならそれでもいい」

「そうだったの？」

伊織は驚いたように尊成を見た。そんな風に思ってくれていたなんて。大切にされていたんだと思えば、温かなものが一気に吹き込んだように胸が熱くなる。

それを押しとどめるように伊織は瞬きを繰り返した。笑おうと思ったがうまくいかなくて顔がくしゃりと崩れる。

「すごく嬉しいんだけど。もっとちゃんと言ってくれたらよかったのに。……勘違いした」

「勘違い？」

「うん。離婚のこと、ちゃんと話さないできたから。私は結婚してみてどうしても合わなかったら、ってことだったから、なくなったのかと思っていたの。だって私たち、うまくいっていたと思っていたから」

言いながら少し声が震えた。自分が考えていたことを言葉にするのは思ったよりも勇気がいって、また、悩んできたときのことを思うとなんだか苦しくもあった。

「……でもあなたは違ってたのかなって。もしかして最初から離婚は決定事項で、割り切った関係で考えてたのかなとか、だから思ったほど私に関心なくて、辞めても続けてもどうでもよくて好きにしていいって言ったのかなとか……ぐるぐる考えちゃって」

伊織は言いながら俯いた。改めて言葉にしてみると、思考がだいぶ情緒不安定だったのは否めない。

尊成の反応を見るのが怖かった。しばらく自分の手元を見て目を瞬いていたが、おそるおそる顔を上げると、ちらりと尊成の方を窺った。

尊成は驚いたような顔をしていた。

(うわ、引かれてる⁉)

伊織は焦って口を開いた。

「だ、だって。まさかあなたがお店に来ると思ってなくてあのときはすごく動揺してたし。隠し事がバレて、少なからず信用は失っただろうなと思って。でもあなたはたいして何も言ってこないし、好きにしていいって言うし」

そこで伊織はぎゅっと眉を寄せた。

「なんていうか、すごく不安になったの。一気に見切られたのかなって。そこからどんどん考えがネガティブ寄りになっちゃって」

だんだん言葉に勢いがなくなっていって、歯切れを悪くさせると、尊成が伊織を落ち着かせるように、静かな声で「そうか」と言った。

「確かに言葉が足りなかったかもしれない。悪かった。そんな風に悩んでいたとは知らなかった」

後悔している顔で謝られて、伊織は小さく首を振った。

「本当はすぐにちゃんと聞こうと思ったの。でも帰りが遅い日が続いてたから」

「そうだったな。タイミングが合わなくて悪かった。だけど俺は自分から離婚をするつもりはなかったし、伊織にも伝わっていると思っていた。だからこそ避妊をしなかったということもある。伊織となら子どもができてもいいと思ってたんだ。何も言わなかったから、てっきりそれがわかって同意しているものだと」

その言葉に伊織は顔を赤らめた。

「それは、その……避妊していないことに気づいてなくて」

「気づいてなかった？」

「だって、あのときにそういうの確認する余裕ない、し」

大体、快楽の余韻でぼんやりしているのが常だ。それを思い出した伊織はますます顔が赤くなってしまう。もごもご言うと尊成がふっと笑った。

「悪い。それも俺のせいだな」

「……それは、もういいんだけど。私もあなたとだったらできてもいいと思ってた。私たち、夫婦だし」

妙に恥ずかしくなった伊織は視線を逸らしながら早口で付け加えると、「とにかく」と言って尊成を改めて見た。

「もう少し、その、思っていることを言葉にしてくれると嬉しい」

「そうだな。気をつける」

尊成はあっさりと頷いた。それがいつもの淡々としたトーンだったから、伊織は首を傾げてみせる。

(といっても急にベラベラ話し始めたりしても驚きだしなあ。まあ今よりもうちょっと話してくれたらいいなって感じかな？)

ここ最近のモヤモヤが全部晴れて、伊織はそんなことを考えながらも久しぶりに満たされた気持ちで尊成の身体にもたれかかった。

「伊織」

呼ばれて顔を向けると、切れ長の瞳がまっすぐに伊織を見ていた。

「何？」

「好きだよ」

不意打ちの言葉に伊織は目を瞠る。何を言われたのかを頭が理解すると、みるみる顔に熱が集まった。

「な、何？　急に」

思わず顔を手で覆ってしまう。とても嬉しかったが、予期していなかったせいか照れくささが込み上げて、伊織はどういう顔をしていいのかわからなくなった。

「思っていることを言葉にしてほしいと言っただろ。考えてみれば、ちゃんと言っていなかった。離婚しないのも子どもができてもいいと思ったのも伊織が好きだからだ。特別に思っている。ずっと一緒にいてほしい。つまり、愛してる」

「ま、待って。怒涛すぎる！　そんな……」

（いや確かに言葉にしてって言ったけど!?　だからってこんな。オープンすぎない!?）

伊織は茹《ゆ》でダコのように顔を真っ赤にして、言葉を失ったままうろうろと視線を彷徨わせた。

照れくささが限界を突破してもはや思考停止状態だ。嬉しい。ものすごく嬉しくて幸せで胸が震えそうだけれども、恥ずかしい。こんな風に愛を告げられたことがなくて、完全に狼狽えた。

一方で言った当人はそんなことはどこ吹く風で、一切の照れも感じさせず、涼しい顔をしていた。むしろ伊織の反応を興味深そうに見守っている。

(こ、こんなときどうすれば……！)

あたふたと視線を移動させながら、ろくに頭は回っていなかったが、伊織は一応考えてみた。そしてしばらく逡巡した結果、えいやとばかりに尊成の首に抱き着いた。

「私も大好き」

照れを押し殺して、耳元に囁く。すると、尊成がふっと笑った気配を感じた。

「何!? なんで笑ったの」

「いや、可愛いなと思った」

(これ、なんか面白がってない？)

首に回した手を緩めて体勢を戻す。尊成に何か一言、言ってやろうと思ったからだ。

けれど、伊織が何かを言う前に尊成の唇が柔らかく重なった。

＊＊＊

「ただいま」

尊成は中にいるはずの伊織に声をかけながらリビングの扉を開けた。

しかし、返事はない。リビングの電気が点けっぱなしであることから尊成は伊織がこの部屋にいると思っていたため、室内を見回しながら中に進んだ。

伊織はソファの上で横になって眠っていた。尊成は身を屈めてその顔色を窺う。顔にかかっている髪の毛をそっと指先で避けた。

午前中は伊織と過ごして昼に会社に戻った。現在は午後八時を少し過ぎたところだ。寝るにはまだ早いが妊娠中はやたらと眠くなる場合もあるらしい。尊成は気持ちよさそうに眠る伊織の頬に指の背で軽く触れた。

(……やっぱり気づいていなかったか)

尊成は避妊していないことをあえて伊織に告げていなかった。最初から避妊していなかった訳ではない。途中からあえて避妊具をつけるのをやめた。けれど、尊成はそのとき、伊織にそのことを言わなかった。

隠したり気づかないように細工したりしていた訳ではない。だから伊織が少しでもそのことに注意を払えばすぐにわかったはずだった。しかし伊織は気づかなかった。

(伊織には悪いが、手放せないのだから仕方がない)

——どうしても嫌だったら離婚。

あくまでも娘の意思を尊重して、というような態度だったが、それに乗じて伊織の父親がその後のことをいろいろと画策しているのではないかということはわかっていた。あの父親は元々、伊織を政治家の息子とでも結婚させようと思っていたのだ。

尊成と結婚させてもそこまでの旨味はない。離婚してくれた方が、都合がいいはずだった。半年を過ぎれば離婚に向けて父親が動くのは間違いない。その前に、一番確実な方法を尊成は実行したのだ。

伊織の意思を確認しなかったのは、もし万が一、伊織がそれを拒んだとしても尊成はその方法を中止するつもりがなかったからだ。

もちろん、子どもは授かりものだ。計画通りにはいかないことは承知の上だった。だからそれは一つの対策に過ぎず、そのために他にも手は考えてあったが、尊成にとっては予想外なことに、あっさりとそれは不要になった。

こんなになりふり構わない手を使うとは、自分でも驚いていた。しかし、伊織との子どもが欲しいと思ったのも本心だったし、伊織が自分に好意を抱いてくれていることも確信はあった。

もちろんこの先、大切にして幸せにする自信はある。彼女が望むことだったらなんだってしてあげたいと思っている。

尊成は独り言のように伊織の名前を呼ぶと、そのこめかみにそっと唇を押し当てた。

＊＊＊

「あれ？　どこ行ったっけ」

ないなあ、と呟きながら伊織は自分の部屋でクローゼットを漁っていた。

「どうした？」

そこに後ろから声がかかって、伊織は顔だけ肩越しに振り向いた。

「洋服探してる。ゆったりしたワンピースがいいんだけど」

「出かけるのか？」

その問いに伊織は顔を元に戻しながら頷いた。ごそごそと手を動かす。

「うん。紫苑とランチに行く。病院の前に切り上げるから大丈夫だよ。あ、あった」

「場所は？　迎えに行く」

ワンピースを手に取ると伊織はくるりと振り向いた。いつの間に近寄っていたのか、尊成が傍に立っている。

「いいよ。病院で待ち合わせよう」

「ついでだから行く。何かあったら困る」

「えー？　何もないよ」

「そんなのわからないだろ」

苦笑いを浮かべながらも、伊織は紫苑と待ち合わせしている店の名前を口にした。

病院に行って妊娠がはっきりと確定した伊織に、尊成はますます過保護になった。毎回の検診には大体一緒に来るし、伊織が外に出るときは必ず送迎を手配しようとする。家でも甲斐甲斐しい。ここまでするとは、と伊織も驚くほどだった。

フェリーチェは妊娠がわかった時点で、あと一回だけ出勤が残っていたが、その日は人が足りていたので、美咲に事情を説明して少し早めに辞めさせてもらった。美咲と統吾は伊織の妊娠をとても喜んでくれて、生まれたら赤ちゃんを見に来ると言う。

さすがにそうなったら尊成の素性のことも隠しておけないので、今まで嘘をついていたことを謝った上で、自分の家のことと一緒にすべてを打ち明けようと思っていた。

叔父はその後の調査で、尊成と伊織の離婚のことをどうやって知ったのかが判明して、ますます悪い立場に追い込まれていた。なんと尊成の祖母の家に盗聴器を仕掛けていたというのだ。そこで尊成の両親が離婚のことを話しているのを聞いて知ったらしい。

情報の仕入れ方もとんでもない方法だったので、尊成の父親もひどく怒って祖母宅の出入りを禁止したということだった。

今後の生活資金として、祖母のお金に目をつけていた叔父は当てが外れ、住んでいた豪華なマンションから出て今は仕方なくだいぶ質素な暮らしを送っているらしい。

実家暮らしだったあやめもおそらく一緒に引っ越しただろうが、その後の近況は聞いていない。けれど自分の美貌を生かして案外強《したた》かに生きていきそうな気がした。

「少し顔色が悪いんじゃないのか。休んだ方がいい」

ちょっとぼんやりしてしまっていた伊織が我に返ると、尊成が顔を覗き込んでいた。

つわりは今も変わらずにあるが、症状の出具合はその日によってまちまちだ。今日は割と調子がいい。だから今にも伊織を休ませようとしている尊成をやんわりと止めた。

「今日はそんなにひどくなさそう」

「そうか？」

出かける予定が入っているから伊織が無理をしそうだと思ったのか、尊成は注意深い眼差しで伊織を見ている。

伊織は安心させるように笑うと、尊成の首に手を回し、爪先立って身体を伸ばして尊成の唇に自分のものを押しつけた。

「ほら、ね？」

目を合わせて微笑む。尊成が伊織の身体を支えるように腰に腕を回した。

「くれぐれも無理はしないでほしい」

「わかってる。ほんと意外に心配性だよね」

伊織がくすくす笑うと尊成は軽く首を傾けた。

「大切なものを心配するのは当たり前だ」

至極真面目な顔でそう言う尊成に、伊織は柔らかい笑みを浮かべた。

「うん。そうだね。ありがとう」

伊織が顔を近づけると、柔らかい感触が落ちてくる。何度か軽いキスを交わしながら、安心する体温に包まれて伊織はうっとりと目を閉じた。

こうやって心配されるのは嫌じゃない。大切にされる感覚。今までに感じたことのない、守られているような、絶対的な安心感。そして、自分もこの上なく彼が好きだと思う。幸せだと思った。

「私、あなたと結婚してよかった。最初は最悪だと思ってたけど」

「そういえば、最初はやたらと毛嫌いされてたな。どうしてだ？」

「だっていつも見るたびに違う女性を連れてたし。腹の底で何考えているかわからないタイプだなって思ってたんだもん。他人に心を許さなそうだし。こっちを見る目が冷たくて怖かった。嫌われてると思ってたし。きっとわかり合えないだろうなって」

「……そんな風に思われたのか。言っとくが見るたびに違う女性というのは誤解だ」

「知ってる。イケメンの御曹司は大変だよね」

「……イケメン？」

「まさか自覚ないの？　いやそんな訳ないか」

伊織は手を伸ばして尊成の頬を撫でた。切れ長の瞳に鼻筋は通っていて形のいい唇。今日も文句なしにイケメンだ。髭《ひげ》を剃《そ》ったばかりだからか、意外なほどスベスベした触り心地のそこにすりすりと指を這わせる。

「こんなに顔がよくなくてもよかったのに。でも、だからそんなに無表情で通してるんだよね。だってあなたが優しく笑ったら大変だもん」

伊織は顔をしかめてみせると、「絶対、他の女に笑いかけたらだめだよ」と声を低くさせた。それを聞いて意外そうに尊成が瞳を瞬く。

「伊織でもそういうことを気にするんだな。そんな心配は全く必要ない」

淡々と言った後、尊成は付け足すようにふっと笑った。

「それ、その顔。だめ、絶対」

「だから大丈夫だと言ってる」

なおも言い募ろうとした伊織を黙らせるように尊成は唇を塞いだ。

心配ないのはわかっている。だけどイケメンの夫を持つ妻の気持ちにもなってほしい。抗議するようにスーツの袖をぎゅっと握ったが尊成はキスをやめなかった。深くなっていくキスに諦めたように身を任せる。がっしりと支える腕にこの上ない安心感を覚えながら。

ずっとこんな日々が続けばいいと思った。

終

あとがき

初めまして、こんにちは。木下杏《きのしたあんず》と申します。

このたびはたくさんの本の中からお手に取っていただきありがとうございます。マーマレード文庫様では、初めて書かせていただきました。そして実は、現代もので、最初から二人が「夫婦」というのが、私には初めての設定になりまして、いろいろとチャレンジを経験させていただいた作品となりました。

今作は、政略結婚で夫婦となった二人の物語なのですが、ヒロインの伊織はそれまで恋愛経験も全くありません。それがいきなり「夫」ができて、少しずつ距離が近づいていく訳なのですが、伊織にとってはすべてが初めての経験となります。ヒーローの尊成を相手に恋愛を知っていく伊織のドキドキした気持ちを、少しでも楽しんで読んでいただけたらとても嬉しいなと思います。

今作では、イラストを竹中《たけなか》先生に描いていただきました。大変美しすぎて何度も見返してしまうぐらいお気に入りです。ヒロインは可愛く、ヒーローは格好よく、そして二人とも色気があってとても素敵に仕上げてくださいました。竹中先生、ありがとうございました。

最後になりますが、本作の編集様、本当にお世話になりました。この場を借りてお礼を言わせてください。

何より、読んでくださった読者様、本当にありがとうございました。感謝の気持ちでいっぱいです。心よりお礼申し上げます。

またどこかでお目にかかることができましたら幸いです。

木下杏

マーマレード文庫

政略結婚のはずが、溺愛旦那様がご執心すぎて離婚を許してくれません

2022年1月15日　第1刷発行　定価はカバーに表示してあります
2024年1月30日　第2刷発行

著者　木下　杏　©ANZU KINOSHITA 2022
発行人　鈴木幸辰
発行所　株式会社ハーパーコリンズ・ジャパン
東京都千代田区大手町1-5-1
電話　04-2951-2000（注文）
0570-008091（読者サービス係）
印刷・製本　中央精版印刷株式会社

Printed in Japan ©K.K. HarperCollins Japan 2022
ISBN-978-4-596-31746-9

m a r m a l a d e b u n k o